해피 노트

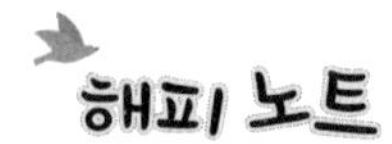

구사노 다키 글 고향옥 옮김
처음 찍은날 2015년 5월 15일 / 처음 펴낸날 2015년 5월 20일
펴낸이 정세민 / 펴낸곳 (주)크레용하우스
출판등록 제 5-80 / 주소 서울 광진구 천호대로 709-9
전화(02)3436-1711 / 팩스(02)3436-1410
홈페이지 www.crayonhouse.co.kr / 이메일 crayon@crayonhouse.co.kr

Happy Note by Taki Kusano

ISBN 978-89-5547-385-8 44830

이 도서의 국립중앙도서관 출판시도서목록(CIP)은 서지정보유통지원시스템 홈페이지(http://seoji.nl.go.kr)와 국가자료공동목록시스템(http://www.nl.go.kr/kolisnet)에서 이용하실 수 있습니다.(CIP제어번호:CIP2015010481)

해피 노트

구사노 다키 글 • 고향옥 옮김

크레용하우스

차례

도미나가 선생님

"자, 시작!"

도미나가 선생님 목소리에 아이들 눈이 일제히 시험지로 향했다. 교실은 사각사각 글씨 쓰는 소리로 가득 찼다.

사토코는 수학 수업 시작과 동시에 치르는 '10분 쪽지 시험'을 언제나 8분 만에 끝낸다. 이 정도 문제가 10분씩이나 걸린다면 목표로 삼은 중학교에 들어갈 수 없다.

사토코는 집중해서 문제를 풀고 난 후 고개를 번쩍 들어 시계를 보았다. 아직 2분이 남은 것을 확인하자 마음이 놓였다. 남은 2분 동안 눈을 감고 머리를 식혔다.

"자, 그만!"

손목시계를 보며 시간을 재고 있던 도미나가 선생님이 단호하게 말했다. 사토코는 천천히 눈을 떴다.

도미나가 선생님은 학생들을 쓰윽 둘러보았다.

"그럼, 풀이하겠습니다."

도미나가 선생님은 시원시원하게 정답을 설명해 나갔다.

이 수업은 학원에서 가장 따라가기가 버겁지만 가장 인기 있는 수업이다.

학원에서 인기 있는 선생님은 도미나가 선생님 말고도 여럿 있다. 그들은 말을 재미있게 하거나 옷차림이 화려하거나 성대모사를 잘하는 등 저마다 특색을 가지고 있다.

"자, 여기까지 배운 내용 중에 질문 있는 사람?"

도미나가 선생님은 딱히 말을 재미있게 하는 것도, 성대모사를 잘하는 것도 아니다. 단지 젊고 미인일 뿐.

오늘 도미나가 선생님은 하얀 셔츠에 통 좁은 회색 바지, 굽 높은 검정 구두 차림이었다. 그런데도 모델처럼 멋졌다.

"선생님, 애인 있어요?"

남자아이 한 명이 장난스럽게 물었더니 선생님은 "당연하지."라고 대답했다. 동시에 남자아이들 사이에서 실망 섞인 한숨 소리가 새어 나왔다.

"선생님, 멋있어요."

여자아이 한 명이 칭찬을 하자 "그럼, 얼마나 열심히 관리하는데. 일주일에 세 번은 스포츠 센터에서 꼬박꼬박 3킬로미터

나 수영하고, 일주일에 한 번은 꼭 피부 관리실에 다니거든."
하고 대답했다. 여자아이들은 역시 도미나가 선생님답다며 한숨을 내쉬었다.

"자, 틀린 문제는 집에 가서 복습하고 지금은 교재 30쪽을 펴세요."

도미나가 선생님 귓불에는 귀걸이가 세 개나 달려 있다. 무척 잘 어울린다. 명문 대학 출신이니 굉장한 우등생이었을 텐데 '노는 애들' 처럼 귀걸이를 세 개나 달고 있다.

이 학원에 다니는 여자아이들 대부분은 도미나가 선생님을 우상처럼 생각했다.

"자, 시작합니다."

도미나가 선생님 목소리에 아이들은 다시 정신을 가다듬고 선생님과 함께 수험 대비 실전 문제를 풀었다. 학교에서처럼 잡담하는 아이는 없었다. 공책에 낙서하거나 쪽지를 돌리는 아이도 없었다.

모두들 선생님이 하는 말 한 마디 한 마디에 집중했다. 칠판에는 수학 공식과 반듯반듯한 도형이 잇따라 채워졌다.

보통 선생님이 아무나 지명해 문제를 내도 대부분 정답을 척척 맞힌다. 말을 더듬거리거나 장난치며 웃는 아이는 없다.

조금 당황하는 아이에게는 선생님이 도움말을 준다. 그러면 사토코가 속한 A반 아이들은 정확하게 정답을 맞힌다.

선생님 수업은 언제나 90분 내내 빈틈없이 진행된다.

"자, 그럼 다음 시간에는 평면 도형 응용문제를 풀어 볼 테니 예습 잘해 오세요. 질문 있는 사람은 교무실로 오세요."

도미나가 선생님은 그렇게 말하고 쌀쌀맞을 정도로 재빨리 교실을 나가 버렸다.

학생들을 배려하지 않는다. 칭찬하거나 위로하지도 않는다. 그런데 이런 점이 도미나가 선생님 매력이었다.

오늘 마지막 수업이었던 도미나가 선생님이 교실을 나가자 학생들은 땅이 꺼져라 한숨을 내쉬었다. 모두들 축 늘어졌다. 하지만 배불리 음식을 먹었을 때처럼 만족스러운 표정이었다.

아이들은 모두 요란스럽게 책상을 정리했다. 그리고 커다란 가방에 무거운 교재와 공책을 집어넣고 우르르 교실을 빠져나갔다.

사토코도 돌아갈 준비를 마치고 혼자서 교실을 나왔다.

복도 벽에는 명문 중학교에 합격한 작년 6학년 학생들 이름이 빼곡하게 차 있었다. 사토코는 입구 쪽, 유리로 둘러쳐진 교무실을 흘끗 들여다보았다.

평소처럼 아이들에게 둘러싸여 있는 도미나가 선생님이 보였다. 아이들이 문제를 질문하고 있는 것 같지는 않았다. 다 함께 즐겁게 이야기하고 있는 것처럼 보였다. 교실에서는 좀처럼 웃지 않는 선생님이 웃고 있었다.

그 아이들 틈에 기리시마도 있었다. 무척 즐거운 듯이 웃고 있었다. 기리시마는 사토코와 단둘이 있을 때와는 달리 신 나게 떠드는 듯 보였다.

사토코는 학원을 나왔다. 밖으로 나오자 시원한 바람이 머리카락을 스쳤다. 사토코는 학원 수업이 끝나면 늘 도넛 가게에 가서 그날 배운 내용을 복습한다.

사토코는 학원 아이들의 집합 장소가 된 햄버거 가게를 지나 학원에서 10분 거리에 있는 도넛 가게로 향했다.

둘만의 아지트

사토코는 도넛 가게에서 오리지널 도넛과 밀크티를 주문했다. 사토코는 늘 음료와 도넛을 하나씩 주문한다. 그리고 빈자리에 앉아 슬며시 눈을 감는다. 그러면 가게 안에 흐르는 음악이며 가까운 자리에 앉은 학생들의 수다, 쾌활한 점원 목소리가 모두 들린다.

하지만 사토코가 듣고 싶은 소리는 다른 소리다. 바닥에 신발 밑창을 문지르듯 끌면서 자신에게 다가오는 소리.

기리시마의 발소리.

'아, 이건가?' 하고 살짝 눈을 떠 본다. 하지만 대개는 다른 사람의 발소리다. 우연히 옆을 지나가는 아저씨나 빈자리에 앉으려는 낯선 여자의 발소리다. 사토코가 한 번에 기리시마의 발소리를 맞히는 날은 거의 없다.

평소처럼 혼자 '기리시마 발소리 알아맞히기' 게임을 즐기는 사이, 늘 듣던 목소리가 머리 위에서 들려왔다.

"사토코."

눈을 뜨자 기리시마가 서 있었다.

사토코는 오늘도 기리시마 발소리 알아맞히기 게임에서 지고 말았다. 발소리만으로 기리시마를 맞힐 수 없다니, 사토코는 스스로가 실망스러웠다.

"오늘은 오리지널 도넛? 나도 같은 걸로 주문해야지."

사토코가 혼자만의 게임을 하는지 모르는 기리시마는 들뜬 얼굴로 사토코의 접시를 보며 말했다.

기리시마는 사토코 맞은편 의자에 가방을 내려놓고 계산대로 갔다.

학원을 마치고 기리시마와 함께 도넛 가게에서 복습을 한 지도 이제 곧 1년이다.

초등학교 3학년 때부터 학원에 다닌 기리시마와 4학년 때부터 다니기 시작한 사토코는 같은 반이 아니었다.

5학년이 되자 사토코는 겨우 기리시마가 있는 A반, 다시 말해 학원에서 가장 수준이 높은 반으로 올라갔다. 하지만 서로 학교가 달라서 친해질 수 있는 기회가 없었다.

기리시마에게는 3학년 때부터 학원에서 친하게 지내 온 친구들이 있었지만 사토코는 혼자였다.

5학년 여름 방학 특강 때였다.

사토코는 평소처럼 도넛 가게에서 복습을 하고 있었다. 그때 기리시마가 들어오더니 사토코 옆자리에 앉았다. 기리시마도 혼자였다.

혼자 있는 것을 들킨 사토코는 조금 머쓱했다. 더구나 자신이 남몰래 마음에 두고 있던 남학생 기리시마라서 더더욱 그랬다. 사토코는 얼굴을 들 수가 없었다. 가슴이 콩닥거려 글자가 눈에 들어오지 않았고 공책에 아무것도 쓸 수 없었다. 그래서 고개를 숙인 채 가만히 있었다.

그때 기리시마가 말을 걸어왔다.

"그 펜 좋은데? 색깔이 참 예쁘다."

기리시마는 사토코가 필통에 잔뜩 넣고 다니는 펜을 가리키며 마치 오래전부터 잘 알던 친구처럼 말을 걸었다. 사토코는 하도 놀라 아무런 대꾸도 하지 못했다. 하지만 기리시마는 아랑곳하지 않고 계속 물었다.

"어디서 샀어? 편의점 같은 데서도 팔아?"

"큰 문구점이나 화방 같은 곳에서만 팔 거야."

사토코는 눈 딱 감고 최대한 싹싹하게 대답했다.

"이야, 잘 알고 있네. 사토코, 그림 그리는 거 좋아해?"

기리시마가 자꾸 질문해 오자 사토코도 허물없는 사이인 양 대답하기 시작했다.

그림 그리기를 좋아한다는 것, 인기 가수의 시디는 전부 가지고 있다는 것, 텔레비전 퀴즈 프로그램을 좋아한다는 것, 수영 교실에 다녔던 것 등 자신에 대해서 이야기했다.

사토코는 지금도 그때 나눈 대화를 하나도 빠짐없이 기억하고 있다. 기리시마와 처음 이야기를 나눈 기념할 만한 사건이니까.

그다음 날부터 기리시마도 학원 수업이 끝나면 도넛 가게에 들러 사토코와 함께 복습을 했다.

기리시마와 도넛 가게에서 복습하는 시간은 사토코가 학원을 다니며 얻은 가장 즐거운 시간이었다.

하지만…….

사토코는 학원에서 여전히 혼자였다.

기리시마는 언제나 함께 어울리는 친구들이 있는 데다가 교실이나 복도에서 사토코와 마주치면 어쩐 일인지 알은체도 하지 않았기 때문이다.

"왜 학원에서는 날 모른 척해?"

사토코는 기리시마에게 이렇게 물어보고 싶었지만 용기가 나지 않았다.

도넛 가게에서 만나는 기리시마는 매우 친절했고, 사토코와 즐겁게 이야기를 나누었다.

'괜찮아, 그거면 됐어.'

사토코는 스스로를 다독였다.

"오늘 도미나가 선생님 손톱 색깔은 하늘색이었어."

기리시마가 사토코와 같은 종류의 도넛을 쟁반에 담아 오며 말했다.

"귀걸이도 하늘색이었어. 보석 같던데."

기리시마가 조금 긴 앞머리를 쓸어 올리면서 말을 이었다. 기리시마는 사토코가 도미나가 선생님 팬이라고 생각했다.

"아, 좋겠다. 너희들은 도미나가 선생님이랑 친해서."

언젠가 사토코가 이렇게 말한 게 화근이었다.

"선생님 되게 멋쟁이다! 손톱이랑 액세서리 색깔 좀 봐. 아, 나도 좀 더 가까이서 볼 수 있으면 좋겠다."

사토코는 자신이 이렇게 말하면 기리시마가 "수업 끝나고 나와 같이 선생님한테 가자."라고 대답할 줄 알았다.

하지만 기리시마의 대답은 기대와 달랐다.

"그럼 내가 애들과 교무실 갈 때 도미나가 선생님 손톱 색깔이랑 반지 모양을 잘 봐 뒀다가 알려 줄게."

사토코는 한발 물러서지 않을 수 없었다.

"야, 신 난다! 그럼 부탁해!"

그 이후로 사토코는 기리시마 앞에서 도미나가 선생님 팬이 되었다. 그래서 도미나가 선생님 이야기가 나오면 사토코는 마음에도 없는 말을 떠들어 댔다.

"우아, 역시 도미나가 선생님이야. 귀걸이랑 손톱 색깔이 같다니 진짜 세련됐다!"

사실 사토코는 도미나가 선생님 손톱 색깔 따위에 관심 없지만 자신이 떠들면 기리시마가 좋아하기 때문에 도미나가 선생님 팬 흉내를 멈출 수가 없었다.

기리시마는 몸도 호리호리하고 키도 여학생인 사토코보다 조금 작았는데 어쩐 일인지 사토코 앞에서는 어른스럽게 행동했다. 친구들과 함께 있을 때나 교무실에 있을 때처럼 장난치고 떠들거나 웃지 않았다.

"자, 복습을 시작할까?"

"그래!"

사토코도 가방에서 교재를 꺼냈다.

이제 시험을 앞둔 6학년이다. 마음속에는 늘 몸을 후들후들 떨게 하는 긴장감이 도사리고 있었다.

하지만 기리시마와 함께 있으면 힘이 났다. 어려운 공부도 전혀 힘들지 않았다.

"그럼, 사회부터 해 볼까?"

사토코는 들뜬 마음으로 사회 교재를 펼쳤다.

나도 학원에나 다닐까?

학원 수업이 끝나는 시간은 저녁 8시 40분이다. 그리고 기리시마와 도넛 가게에서 복습하기 때문에 밤 10시가 지나서야 집에 돌아온다. 대부분 엄마 아빠는 딸이 이렇게 늦으면 마중을 나오지만 사토코는 언제나 혼자 집에 간다. 엄마 아빠에게 마중 나오지 말라고 단단히 일러두었기 때문이다.

사토코는 집에 가면 가볍게 밤참을 먹고 샤워를 한다. 그리고 숙제와 예습을 한 뒤 문제집까지 풀면 자정이 넘어서야 잠자리에 든다. 아빠는 보통 그 무렵 집에 돌아온다.

"아빠 왔다."

아빠는 사토코가 아직 잠자리에 들지 않았으면 다가와 인사를 건넨다.

"다녀오셨어요."

사토코는 아빠와 눈을 마주치지 않고 웅얼웅얼 대답한다.

아빠에게까지 인사말이 들리는지 알 수 없다. 작은 목소리로 말하니까.

그럼 아빠도 더는 말을 건네지 않는다. "이야, 늦게까지 열심히 하는구나."라거나 "사토코 힘들겠다."라는 말도 당연히 하지 않는다. 밤늦도록 공부해도 칭찬하지 않고 공부를 하지 않아도 혼내지 않는다.

사토코가 학원에 다니고 싶다는 말을 꺼낸 것은 초등학교 4학년 때였다. 사토코 스스로 다니겠다고 말했다.

하루하루가 따분했으니까.

그 무렵 사토코 반에서는 요시다라는 여자아이가 모든 여자아이들을 휘어잡고 있었기 때문에 뭐든 요시다가 시키는 대로 해야 했다. 쉬는 시간을 보내는 것도 소풍 모둠을 정할 때도 반드시 요시다의 말에 따라야 했다. 너무 얌전한 사토라는 아이와는 말을 하지 말라고 했고 코이치라는 남자아이가 속해 있는 야구팀이 시합을 할 때는 모두 응원하러 가야 했다.

그래서 사토코도 시합 응원을 가고 요시다가 부탁하면 공책에 그림을 그려 주거나 숙제를 보여 주기도 했다. 그렇게 항상 요시다의 비위를 맞췄다. 사실 사토코는 정말 그러고 싶지 않았다. 하지만 요시다에게 미움을 받을까 두려워 싫다고 할 수가 없었다.

그러던 중에 사토코는 우연히 텔레비전에서 중학교 입시 학원을 배경으로 한 드라마를 보았다. 드라마 속 학원에서는 선생님도 재미있고 아이들도 모두 친하게 지냈다. 학원 생활이 즐거워 보였다.

'나도 학원에나 다닐까.'

이렇게 생각하자 사토코는 가슴이 마구 뛰었다.

'드라마와 똑같지 않더라도 학원에 가면 뭔가 재미있는 일이 있을지도 몰라. 새로운 친구가 생길 수도 있어. 게다가 사립 중학교에 가면 요시다와 같은 반이 될 일은 절대로 없겠지.'

생각해 보니 좋은 일뿐이었다. 어째서 지금까지 그런 생각을 못 했을까 싶었다.

잔뜩 기대에 부푼 사토코는 엄마 아빠에게 학원에 보내 달라고 말했다. 하지만 아빠는 신문을 보다가 마뜩잖은 표정을 지었다.

"벌써부터 그렇게 무리하지 않아도 돼."

아빠의 말에 사토코는 깜짝 놀랐다.

"지금은 좀 더 재미있게 보내면 좋을 것 같은데……."

칭찬받을 줄 알았던 사토코는 당황했다. 같은 반 아이들은 대개 엄마 아빠의 강요로 학원에 다녔기 때문이다.

"그래도 다니고 싶어요. 이미 다 알아봤다고요."

사토코는 더 조르지 않고 곧바로 학원에서 보는 반 편성 시험을 대비해 방에 틀어박혀 공부하기 시작했다. 그리고 보란 듯이 합격했다.

사토코는 엄마 아빠에게 말했다.

"합격했으니까 학원에 보내 주세요. 중학교는 사립으로 갈 거예요."

아빠는 "하고 싶은 대로 해."라고 말했고, 엄마는 "우리 사토코, 참 대단하구나."라고 했다. 그뿐이었다.

엄마 아빠 모두 찬성도 반대도 하지 않았다. 사토코는 그런 반응이 못마땅했다. 그래서 아무리 밤늦더라도 마중 나오지 못하게 한 것이다. 중학교 입시에 대해서는 모든 걸 스스로 하겠다고 결심했기 때문이다.

사토코는 5학년이 되었고 요시다와 반이 갈라져 만날 일이 없었다. 새로운 반에서 사토코는 노리코, 세쓰, 나오 이렇게 세 명과 친해졌다.

나오와 노리코는 소꿉친구이고, 노리코와 세쓰는 4학년 때부터 같은 반이었다. 사토코는 어떤 계기로 이 무리와 함께하게 됐는지 기억나지 않았다. 아마도 반이 막 바뀌었을 때 셋 중 누군가와 가까운 자리에 앉았거나 집으로 함께 오게 되었을 것이다.

사토코의 친구들 중 가장 특별한 아이는 나오였다. 나오는 태어날 때 중병을 앓아서 혼자 힘으로 할 수 없는 일이 많았다. 혼자서는 화장실에 가지도 못했다. 수업 내용도 잘 이해하지 못했다. 그래서 나오는 수업 시간에 늘 색연필로 그림을 그렸다.

"나오, 화장실은?"

노리코는 나오에게 하루에 열 번도 넘게 물었다.

노리코는 무리의 리더 같은 존재였다. 화장실에 갈 때도 교실을 이동할 때도 반드시 노리코가 지시를 했고, 나머지는 그에 따라야 했다.

사토코는 솔직히 이 무리가, 아니 노리코가 지겨웠다.

같은 반 가린은 "사토코네 무리는 재밌어 보여."라고 말했지만 사토코는 가린네 무리가 훨씬 더 재밌어 보였다. 지금이라도 함께하고 싶을 정도로 사토코는 가린네 무리를 부러워하고 있었다.

하지만 이제 와서 다른 무리로 옮기기도 어려웠다. 여자아이들 무리란 결속력이 강해서 쉽게 다른 사람을 받아들여 주지 않는다.

다행히 노리코는 요시다만큼 난폭하지는 않았다. 오히려 남을 잘 돌봐 주고 남이 자신에게 의지하면 굉장히 좋아했다.

예를 들어 사토코가 학원 숙제 때문에 학교 숙제를 해 오지 못한 날은 "괜찮아. 아직 시간 있으니까 내 거 베껴."라면서 공책을 보여 주었고, 학원 예습 때문에 빨리 집에 가야 할 때는 "걱정 마! 내가 청소 당번 대신해 줄게. 넌 얼른 집에 가서 예습해."라고 자기 일처럼 생각해 주었다. 그래서 사토코는 노리코가 나쁜 것만은 아니라고 생각하기로 했다.

그리고 세쓰와 함께 있는 것은 싫지 않았다.

어릴 때 미국에서 살다 온 세쓰는 아직도 국어가 서툴러서 재미있었다.

"이번 달에 나 지갑이 위험해."

이 말은 용돈이 간당간당하다는 뜻이었다. 사토코가 기리시마에게 이 이야기를 해 주자 기리시마는 배꼽을 쥐고 웃었다.

"나 어제 어려운 문제 속에 있었어."

이 말은 나 어제 힘들었다는 뜻이었다. 사토코는 그런 세쓰 흉내를 잘 냈다. 기리시마 앞에서 세쓰 흉내를 내면 기리시마가 재미있어 했다. 세쓰의 이상한 말투는 기리시마와 이야기 할 때 많은 도움이 됐다.

"우아, 영어로 막힘없이 말할 줄 아는 친구가 있다니. 진짜 대단하다."

기리시마가 세쓰 이야기를 듣고 한 말이다. 노리코 무리 속에 있는 게 지겹다는 생각이 들 때마다 사토코는 기리시마가 한 말을 떠올렸다.

사토코는 세쓰가 영어로 말하는 모습은 본 적이 없다. 그래서 대단하다고 생각한 적도 없지만 기리시마의 칭찬에 자신까지 우쭐해지는 게 참 신기했다.

아마 기리시마는 명문 중학교에 합격할 것이다. 사토코가 기리시마처럼 수준 높은 중학교에 가지 않는다면 둘은 어울릴 수 없을 것이다. 그래서 사토코는 무슨 일이 있어도 반드시 기리시마와 같은 수준의 학교에 들어가겠다고 다짐했다. 중학생이 된 후에도 지금처럼 계속 만나고 싶고 더 친하게 지내고 싶었다.

"화장실 가자."

노리코가 사토코와 나오, 세쓰에게 말했다.

"응, 가자."

이제 곧 여름 방학이 시작된다. 날마다 학원에 갈 것이고, 날마다 기리시마를 만날 수 있다. 이런 기대에 부풀어 있기에 사토코는 별로 가고 싶지 않은 화장실에도 기꺼이 따라가 주었다.

새로 온 아이

여름 방학 특강이 시작되었다. 6학년은 월요일부터 금요일까지 오전 9시에 시작해 오후 4시에 끝나는 빡빡한 일정이 짜여 있었다.

첫날은 간단한 조회를 마친 뒤 곧장 국어 시간이 시작되었다. 수업은 작년 입시 문제를 풀어 나가는 식으로 진행되었다. 그래서 평소보다 속도가 빨라 버거웠다.

국어 담당 야스이 선생님은 여느 때처럼 성대모사를 잊지 않았다. 아이가 답을 틀리면 유명한 탤런트 목소리로 바꿔 "틀렸어! 자, 다음번에는 틀리지 않도록!" 이라고 말했다.

또 누군가를 지적할 때는 "흐음, 이건 누굴 시켜 볼까나. 앗! 으음, 거기 너. 그렇지, 줄무늬 셔츠 입은 너 말이야. 대답해 주게나." 라고 남자 배우 목소리를 흉내 내며 말했다.

덕분에 국어 시간은 눈 깜짝할 새에 지나갔다. 순식간에 많은 문제를 풀었기 때문에 쉬는 시간을 알리는 종이 울리자 여기저기서 커다란 한숨 소리가 들려왔다. 사토코도 후유 하고 한숨을 내쉬고 책상에 연필을 내던졌다.

그때 옆에 앉은 여자아이가 사토코에게 말을 걸어왔다. 한 번도 본 적 없는 아이였다.

"있잖아, 저 사람이 선생님이야? 여기 진짜 학원 맞아?"

"맞아."

사토코는 간식으로 가져온 초콜릿을 가방에서 꺼내면서 대답했다.

"흠, 난 또. 학원은 좀 더 빡빡하고 무서울 줄 알았지."

그 아이는 복도에서 아이들에게 록 밴드 노래를 불러 주는 야스이 선생님을 흘긋거리며 말했다.

"학원이 처음이니?"

사토코는 속으로 '설마 아니겠지.' 하면서 물어봤다.

"응."

"정말? 한 번도 다닌 적이 없어?"

"응."

학원에 처음 들어오자마자 곧장 A반이라니……. 사토코는 놀라움을 감출 수가 없었다.

"학교에만 다닌 거야?"

그 아이는 배가 살짝살짝 보이는 길이가 짧은 호피 무늬 민소매 셔츠를 입고 있었는데 무척이나 잘 어울렸다.

"아, 으응…… 그렇다고 해야 하나."

그 아이는 귀걸이도 하고 있었다. 소용돌이무늬가 새겨진 은귀걸이였다.

"정말? 그런데 단번에 A반에 들어온 거야?"

손목에는 갈색 가죽끈이 칭칭 감겨 있었다.

마치 광고에 나오는 모델 같다고 생각하면서 사토코는 그 아이에게 초콜릿 세 조각을 주었다. 같이 이야기를 나누면서 혼자만 먹는 게 좀 민망했기 때문이었다.

그 아이는 초콜릿을 받아 들더니 바로 입안에 쏙 넣었다. 그리고 물었다.

"우아, 고마워. 너 이름이 뭐야?"

"사토코야."

그러자 그 아이는 "나는 리사."라고 말하며 사토코에게 손을 내밀었다. 사토코는 허둥지둥 몸을 리사 쪽으로 돌려 오른손을 내밀었다. 인사를 하면서 악수를 청한 아이는 난생처음이었다.

"잘 부탁해."

리사는 사토코의 오른손을 꽉 잡고 활짝 웃었다.

다음 수업은 과학이었다.

사토코는 몰래 리사를 훔쳐봤다. 학교 공부밖에 하지 않았다는 아이가 정말로 A반 수업을 따라올 수 있을까 확인해 보고 싶었던 것이다.

사토코가 이 학원에 처음 들어왔을 때는 C반에서 수업을 들었다. A반으로 올라가는 데 1년이 넘게 걸렸다. 학원 공부와 학교 공부는 전혀 달랐다. 시험 문제도 초등학생 시험 문제라고 볼 수 없을 정도로 수준이 높았다.

리사는 벌써 식물 분류에 관한 문제를 술술 풀고 공책에 적고 있었다. 한편 사토코는 도무지 몇몇 문제가 풀리지 않아 연필을 가만히 쥐고만 있었다. 사토코는 풀리지 않는 문제 때문에 고민하면서 옆자리를 흘끔흘끔 보았다.

사토코는 저도 모르게 리사의 손목에 멋지게 감겨 있는 가죽끈에 눈길이 갔다.

'어디에서 샀을까. 어떻게 감으면 저렇게 자연스럽고 멋스러운 느낌이 날까.'

사토코는 도무지 수업에 집중할 수 없었다.

과학 시간이 끝나고 점심시간이 되었다. 리사는 종이 울리기 무섭게 지갑만 달랑 들고 선생님보다 빨리 교실을 나갔다.

함께 점심을 먹자고 할까 봐 은근히 걱정했던 사토코는 마음이 놓였다. 엄마가 싸 준 도시락을 가방에서 꺼내 혼자 천천히 먹었다.

환기를 위해 창문을 모두 열어 놓은 교실은 거리의 시끌벅적한 소리가 들어와 어수선했다. 하지만 창문을 통해 들어오는 미지근한 바람이, 한기가 느껴지는 에어컨 바람과 어우러져 교실 온도는 딱 좋았다.

사토코는 이럴 때 학원이 참 좋다. 학교와 달리 어느 무리에 속하지 않아도 뻘쭘할 일이 없기 때문이다. 학원은 공부만 하면 된다. 중학교 입학시험에 합격만 하면 되는 것이다. 선생님도 학원 직원도 친구와 친하게 지내라는 말은 하지 않는다.

사토코가 교실에서 혼자 도시락을 먹고 있으면 이따금 사와구치 언니가 자기 도시락을 가져와 함께 먹었다.

사와구치 언니는 학원비도 받고 진학 상담도 해 주는 학원 직원이다. 사토코는 사와구치 언니와 이야기하는 것이 좋았다. 사와구치 언니는 사토코가 요즘 읽은 만화책이나 재미있는 텔레비전 프로그램 이야기를 하면 잘 들어 주었다.

하지만 가끔 "이제 곧 서른다섯 살인데 난 왜 시집을 못 가는 거지?" 라든가 "내가 너무 눈이 높은 건가." 라는 말을 들을 때는 좀 난감했다. 사토코가 "눈을 너무 높은 데 두면 안 돼요." 라든가 "국어 담당 야스이 선생님은 잘생기지는 않았지만 재미있는 사람이니까 한번 진지하게 생각해 보세요." 라고 조언을 해도 사와구치 언니는 고집스럽게 "난 이상형이 아닌 사람은 싫다니까." 라면서 들으려고 하지 않기 때문이었다.

점심시간을 사와구치 언니와 보내는 경우는 어쩌다 한 번이고 보통 혼자서 도시락을 먹었다. 물론 A반에 함께 도시락 먹을 친구가 있으면 좋겠다고 생각할 때도 있었다. 하지만 노리코 같은 아이가 있는 무리에 들어가기는 싫었다. 만약 여기 학원에서 친구를 사귈 거면 재미있는 친구여야 한다고 생각했다. 드라마처럼 재미있는 아이들만 모여 있는 무리에 들어가고 싶었다. 그리고 결국에는 어려움을 이겨 내고 명문 중학교에 합격하고 싶었다.

'꼭 명문 중학교에 들어가고 말 거야.'

사토코는 이렇게 다짐하면서 마지막 남은 햄버그스테이크 조각을 입에 넣었다.

도시락을 다 먹었는데도 오후 수업이 시작되기까지 30분이

나 남았다.

사토코가 쉬는 시간에 하는 일은 언제나 똑같다. 눈을 감고 자기 미래를 상상하는 것이다. 상상 속 등장인물은 기리시마.

기리시마가 함께 다니는 친구들에게 사토코를 소개하는 장면. 기리시마와 둘이서 스티커 사진을 찍는 장면. 놀이공원에서 제트 코스터를 타는 장면. 수족관에 놀러 가 물고기를 보며 이름을 알아맞히는 장면. 기리시마가 사토코 손을 잡고 집까지 바래다주는 장면.

이런 상상을 하다 보면 점심시간이 순식간에 끝난다. 오늘도 사토코는 즐거운 마음으로 점심시간을 보냈다.

오후 수업이 시작되기 몇 분 전에 상상을 마친 사토코가 다음 시간 교재를 챙겼다.

"아, 배불러."

리사가 옆자리에 털썩 앉으며 말했다. 그리고 사토코를 보며 만족스러운 듯이 웃고는 배꼽을 드러낸 배를 문질렀다.

사토코는 무슨 말이든 해야 할 것 같아서 리사에게 물었다.

"점심 어디서 먹고 왔어?"

"쇠고기 덮밥이 맛있기로 유명한 음식점. 그리고 백화점 식품 판매장에 가서 소프트아이스크림 먹고 왔어."

리사는 배를 두드리며 말했다.

"혼자서?"

"응."

"우아, 대단하다."

"뭐가?"

"혼자서 유명 음식점에 갔다면서."

"그게 왜? 혼자 가도 못 들어가게 하지 않잖아."

리사가 가방에서 교재를 꺼내면서 말했다.

'그야 그렇겠지만…….'

사토코는 마음속으로 말했다.

그때 마침 종이 울리고 선생님이 들어왔다. 오후 첫 수업은 졸릴 틈 없는 도미나가 선생님 수학 시간이었다.

사토코는 더 이상 리사에게 신경 쓰지 않고 교재를 넘겼다. 그리고 내일부터는 이 아이 옆에 앉지 말아야겠다고 생각했다. 리사가 옆에 있으면 신경이 쓰여서 수업에 집중할 수가 없으니까.

"선생님, 블라우스 예뻐요."

누군가가 빨간 블라우스를 입은 선생님에게 말했다.

사토코는 다른 것에 신경 쓰지 않고 방금 선생님이 나눠 준

10분 쪽지 시험에 집중했다. 그리고 도미나가 선생님 수업에 몰두했다.

해피 노트

그날은 기리시마가 먼저 도넛 가게에 도착했다.

사토코는 학원 수업이 끝나자마자 백화점에 들렀다. 8층 서점에서 한자와 사회 문제집을 한 권씩 사고 4층 문구점에 가서 공책 두 권을 샀다. 고민 끝에 표지에 툴루즈 로트레크의 그림이 있는 공책과 콜라 캔 그림이 있는 공책을 골랐다.

사토코가 평소보다 조금 늦게 도넛 가게에 들어갔더니 기리시마가 먼저 와 있었다.

"우아, 오늘은 시나몬 도넛이네. 나도 그거 먹어야지."

사토코의 목소리에 기리시마가 고개를 들고 히죽 웃었다.

평소와 달리 서로 바뀐 대화가 우스워서 둘은 쿡쿡 웃었다. 단지 그것뿐인데 즐거웠고, 단지 그것뿐인데 기뻤다.

사토코가 시나몬 도넛과 우유를 쟁반에 담아 돌아오자 기리시마가 물었다.

"이게 내 거야?"

기리시마는 콜라 캔 그림이 있는 공책을 팔락거렸다.

"응, 마음에 들어?"

"물론이지!"

만족스러운 듯 엄지손가락을 치켜세우는 기리시마의 어깨 너머로 미루나무 그림자가 살랑살랑 흔들렸다.

기리시마가 챙겨 온 문구용 칼로 방금 사 온 문제집에서 해답을 잘라 냈다. 그리고 사토코는 공책 두 권 모두 첫 장에 고딕체로 그림자까지 그려 넣으며 '해피 노트'라고 썼다.

"이 공책을 다 쓸 때쯤이면 가장 자신 있는 과목이 되겠지."

사토코는 자신의 공책 첫 장에 손가락으로 브이 자를 만들고 있는 여자아이를 그리면서 그렇게 말했다.

"그렇게 되면 기적이지……."

기리시마가 얼굴을 찡그리고 한자 문제집을 한 장씩 팔랑팔랑 넘겼다.

둘에게는 여름 방학 계획이 있었다. 바로 '해피 노트' 교환이다. 여름 방학 특강 기간 동안 날마다 해피 노트를 교환하는 거다. 교환 일기는 아니다. 일기 비슷한 내용을 적어도 좋지만 목적은 뒤처지는 과목을 끌어올리기 위한 것이다.

오늘 밤부터 당장 문제집을 푼다. 사토코는 사회, 기리시마는 한자. 답은 자신의 해피 노트에 적어 다음 날 서로 공책을 교환한다. 사회 문제집 해답은 기리시마가, 한자 문제집 해답은 사토코가 가지고 있다가 다음 날 상대가 해피 노트에 적은 답을 채점한다. 해답만으로 이해하기 어려울 것 같으면 해설도 꼼꼼하게 적어 준다. 그렇게 해서 다음 날 다시 교환한다. 여름 방학 특강 기간 동안 계속 해피 노트를 교환하면 여름 방학이 끝날 무렵에는 두 사람 모두 뒤처진 과목의 성적을 끌어올릴 수 있게 될 것이다.

이 계획을 세운 사람은 기리시마였고 이 공책에 해피 노트라고 이름 붙인 사람은 사토코였다. 이 공책이 둘을 '해피'하게 만들어 주기를 바라는 마음을 담아 지었다. 사토코는 이 계획에 대찬성이었다. 하지만…….

"문제집하고 공책은 사토코 혼자 사 오면 안 될까?"

기리시마에게 그 말을 듣고 사토코는 몹시 섭섭했다. 자신과 함께 있는 것을 남이 볼까 봐 그런 거라고 생각되었다. 기리시마가 직접적으로 말한 건 아니지만 사토코도 그 정도는 짐작할 수 있었다.

"아, 우리 진짜 열심이다."

기리시마는 문제집을 탁 덮고 머리를 감쌌다.

"그렇지? 진짜 대단해."

사토코는 고개를 끄덕이면서 '기리시마는 왜 나와 함께 있는 모습을 남에게 보이고 싶지 않을까.'라고 생각했다. 기리시마는 언제나 학원과 멀리 떨어진 이 도넛 가게에서만 사토코를 만났다.

"나는 한자만 쓰면 머리가 지끈거려."

기리시마가 어리광 섞인 목소리로 말했다. 사토코는 생긋 웃어 보였다. 그리고 생각했다.

'나는 다른 아이들이 우리 둘이 있는 걸 봐도 상관없는데.'

"요즘에는 거의 컴퓨터를 쓰잖아. 그런데 한자 쓰기 같은 걸 왜 해야 해?"

기리시마는 이해할 수 없다는 듯이 탁자를 주먹으로 쾅쾅 쳤다.

"한자를 쓰지 않는 미국 사람들이 부러워 죽겠어!"

사토코는 짜증스러운 듯 투덜거리는 기리시마를 보면서 차가운 우유를 빨대로 빨아올렸다. 차가운 우유가 목을 타고 몸속으로 흘러 내려갔다.

"내 공책에도 뭐 그려 주라."

기리시마가 자기 공책을 내밀었다.

"좋아."

사토코는 진녹색 펜을 들고 기리시마의 공책을 펼쳤다.

"아 참, 너 오늘 옆에 앉은 아이랑 이야기하더라."

"옆에 앉은 아이?"

사토코는 남자아이의 얼굴 부분을 그리고 있었다.

"쉬는 시간에 옆자리 여자아이랑 이야기했잖아."

"아…… 걔가 말을 걸어온 것뿐이야."

사토코는 그림에 집중하는 척 고개를 들지 않고 대답했지만 사실은 뛸 듯이 기뻤다. 기리시마가 학원에서도 자기에게 신경 쓰고 있다는 것을 알았기 때문이다.

"걔 옷 굉장하더라."

기리시마가 말했다.

"그런 옷 좋아해?"

사토코는 남자아이 옷에 줄무늬를 그리면서 관심 없는 척 물어보았다.

"무슨 말이야?"

그 말에 사토코는 저도 모르게 웃음을 터뜨렸다.

"그런 옷을 입은 아이가 옆에 있으면 눈을 어디에 두어야 할지 모르겠어."

사토코는 점점 크게 웃었다. 기리시마는 그런 아이를 별로 좋아하지 않는구나 생각하자 무척이나 마음이 놓였다.

사토코는 손으로 브이 자를 그리고 있는 남자아이를 정성껏 마무리했다. 기리시마와는 별로 닮지 않았지만 기리시마는 마음에 들었는지 고맙다고 말했다. 그리고 "함께 열심히 하자." 라고 말했다.

사토코는 기리시마에게 왜 둘이 있는 모습을 남에게 보이고 싶지 않은지 묻지 못했지만 흐뭇한 마음으로 해피 노트를 가방에 넣었다.

여름 방학 첫날 오후는 그렇게 지나갔다.

잠결에 받은 전화

사토코는 저녁에 집에 돌아가 곧바로 사회 문제집을 펼쳤다. 싫어하는 과목이었지만 기리시마가 채점해 준다고 생각하니 왠지 열심히 하고 싶었다. 하지만 역시 싫은 건 싫었다. 쌀 산지며 땅콩으로 유명한 지역, 기후 등이 나오자 머릿속이 뒤죽박죽되었다.

사토코는 침대에 벌러덩 누워 버렸다. 잠시 머리도 식힐 겸 옆에 있던 만화책을 읽다가 깜빡 잠이 들었다.

"사토코."

사토코는 엄마 목소리에 눈을 번쩍 떴다.

"노리코한테 전화 왔어."

밖은 이미 어둠이 깔려 있었고 방 안은 불빛이 환해 눈부셨다. 엄마가 전화기를 사토코에게 내밀었다.

"아, 응……."

사토코는 침대에 누운 채로 전화기를 받아들었다.

"여보세요?"

"사토코, 지금 통화 괜찮아?"

"응, 괜찮아……."

사토코는 눈도 뜨지 않고 말했다. 자다가 전화를 받은 터라 머리가 멍했다. 누구와 이야기하고 있는지조차 몰랐다.

'엄마가 누구한테 온 전화라고 했더라?'

"혹시 자고 있었던 거 아니야?"

"지금 막 일어났어……. 뭐라고?"

"미안. 나중에 다시 걸까?"

"아냐. 괜찮아……."

사토코는 더듬거리며 대답했다. 말을 하면서도 다시 잠 속으로 빠져들었다.

"나중에 이야기할까? 사토코, 학원에서 피곤했구나. 나중에 이야기해도 돼."

'되게 귀찮게 구네.'

사토코가 이렇게 생각한 순간, 자신도 깜짝 놀랄 정도로 짜증스런 목소리가 튀어나왔다.

"아이 참, 괜찮다잖아!"

사토코가 버럭 소리치자 상대방은 대답이 없었다. 사토코는 가슴이 철렁했다.

'노리코한테 전화 왔어.'

그제야 엄마가 했던 말이 기억났다. 또렷이 기억났다. 사토코는 허둥지둥 침대에서 몸을 일으켰다. 그리고 볼을 찰싹찰싹 때리며 자신을 꾸짖었다.

"미안해. 잠이 덜 깼나 봐."

사토코는 밝은 목소리로 둘러댔다.

"그래서 내가 나중에 다시 걸까 물어본 거잖아."

노리코는 이미 기분이 상해 있었다.

"아냐, 일어나야 했거든. 깨워 줘서 고마워!"

사토코는 방금 한 실수를 만회하기 위해 안간힘을 썼다.

"그럼 다행이지만……."

"진짜야, 진짜. 아직 예습을 안 했거든. 노리코 네가 전화하지 않았으면 언제까지 잘 거냐고 엄마한테 야단맞았을 거야. 우리 엄마, 방금 전에도 인상을 쓰고 있었거든."

사토코는 거짓말이 술술 나왔다.

하지만 이런 거짓말이 전혀 나쁘다고 생각하지 않았다. 수영을 처음 배울 때 쓰는 판 같은 것이라고 생각했다.

"그랬구나."

노리코의 목소리가 다소 부드러워진 것 같았다.

"진짜 네 덕분에 살았어."

사토코는 전화기를 귀에 딱 붙이고 노리코의 눈치를 살피며 말했다.

"그렇다면 다행이야. 내가 너를 구해 준 거네?"

"그럼 그럼."

사토코는 그럭저럭 위기에서 벗어날 수 있을 것 같다는 생각이 들었다. 문득 고개를 들어 거울을 보니 침대 위에 무릎을 꿇고 있는 자신이 보였다. 사토코는 아직 마음이 놓이지 않아 그 자세 그대로 노리코의 다음 말을 기다렸다.

"내가 전화한 건 나오 때문인데."

"뭔데 뭔데?"

사토코는 일부러 호들갑스럽게 물었다.

"다음 주 일요일에 나오 생일 파티 한대."

"우아, 그렇구나!"

사토코는 과장되게 놀라는 척했다.

"나오 엄마가 너랑 세쓰한테도 전해 달라고 하셨거든."

노리코의 말투가 평소처럼 친근해지고 있었다.

"우아, 재밌겠다!"

사토코는 달뜬 목소리로 말했다.

"그렇지! 그래서 사토코 너는 학원 때문에 바쁘니까 올 수 있나 해서 전화한 거야."

"당연히 가야지! 나오 생일인데 내가 안 갈 수 없지."

"진짜 잘됐다! 세쓰도 올 수 있다니까 우리 다 같이 모일 수 있겠다."

"진짜 기대된다!"

마지막에는 목소리가 갈라지고 말았다.

사토코와 노리코는 생일 파티 시간이며 나오에게 줄 생일 선물에 대해 이야기했다.

"그럼, 다음 주 일요일에 보자."

"응, 또 연락하자."

사토코는 노리코가 전화 끊는 소리를 확인하고 귀에서 전화기를 뗐다. 삑 하고 전원 버튼을 누르자마자 후유 하고 한숨이 나왔다. 사토코는 전화기를 내던지고 꿇었던 무릎을 펴고 편안히 누웠다.

잠자다가 느닷없이 힘을 뺀 터라 몹시 피곤했다.

게다가 자유로운 여름 방학마저 노리코와 친구들을 만나야

한다고 생각하자 기분이 우울해졌다.

"사토코, 밥 먹자!"

부엌에서 엄마가 불렀다.

부엌에는 식탁 위에 샐러드와 오므라이스가 차려져 있었고, 가스레인지 위 냄비에서는 채소 수프 냄새가 풍겼다.

"노리코가 뭐래?"

엄마가 수프를 저으면서 물었다.

"다음 주 일요일에 나오 생일 파티 한다고."

사토코는 한숨 섞어 말하고 자리에 앉았다.

"그래? 기다려지겠네."

사토코는 엄마의 말에 속이 확 뒤집혔다. 엄마는 사토코 마음을 전혀 알지 못했다.

"선물은? 줄 거지? 푸딩 만들어 줄 테니까 가져갈래?"

채소 수프가 든 접시를 식탁에 놓으면서 엄마가 물었다.

"필요 없어요."

사토코는 식탁 위에 놓인 오므라이스를 노려보며 대꾸했다.

"그래도 뭐라도 좀 만들어 줄게. 케이크는 당연히 준비할 테고 좀 가벼운 과자가 좋겠지?"

"필요 없다잖아요!"

엉겁결에 큰 소리가 나오고 말았다. 사토코는 가슴이 덜컥 해서 황급히 입을 다물었지만 이미 엎질러진 물이었다. 사토코에게서 등을 돌리고 있던 엄마는 아무런 말도 하지 않았다.

"선물은 그냥 사 가려고요. 그러니까 돈 좀 주세요."

사토코는 신경 써서 한껏 부드러운 목소리로 말했다.

"알았어."

엄마가 작은 목소리로 대답했다. 조금 떨리는 듯한 목소리였다.

사토코는 답답한 마음에 엄마가 알아채지 못할 정도로 살짝 한숨을 내쉬었다. 엄마는 어떤 경우에도 사토코를 혼내지 않았다. 늘 사토코 낯빛이며 기분을 살피는 것 같았다. 사토코는 그런 엄마를 보면 짜증이 확 밀려왔다.

상대방이 조심스럽게 대하면 스스로도 조심스러워진다. 그러니 기댈 수도 없고, 어리광을 부릴 수도 없는 거다. 고민을 털어놓거나 징징거릴 수도 없다. 그래서 사토코는 생일 파티 따위가 눈곱만큼도 기대되지 않는다고 엄마에게 솔직하게 말할 수 없었다.

사토코는 잠자코 포크를 들고 오므라이스를 먹기 시작했다. 엄마도 사토코 맞은편 자리에 앉아서 아무 말 없이 먹기 시작했다. 사토코는 그렇게 서먹한 분위기에서 엄마와 조용히 저녁을 먹었다.

듣고 싶은 말

여름 방학 이틀째.

사토코는 수업이 시작될 때까지 여러 문제집이 비치되어 있는 자습실에서 시간을 보내거나 화장실에 가서 립크림을 다시 바르거나 하며 시간을 보냈다.

수업 시작 5분 전에 사토코는 교실로 들어갔다. 어제와 같은 자리에 리사가 앉아 있었다. 사토코는 리사와 눈이 마주치지 않도록 조심하며 되도록 멀리 떨어진 자리를 찾아 살그머니 앉았다.

종이 울리고 과학 담당 미쓰이 선생님이 들어왔다.

선생님이 시험지를 나눠 주었다. 시험지에는 물고기 그림이 서른 마리나 그려져 있었다. 모두 비슷비슷하게 생겼지만 모양이 조금씩 달랐다. 물고기 이름과 특징을 빈칸에 적어 넣어야 했다.

사토코는 물고기 생김새가 모두 비슷해서 정확한 답을 쓰는 게 어려웠다.

리사와는 자리가 먼 덕분에 신경이 덜 쓰였다. 리사 옆자리에 앉지 않은 걸 다행이라고 생각하며 사토코는 수업에 집중했다.

하지만 과학 시간이 끝나고 쉬는 시간에 사토코가 간식으로 가져온 쿠키를 먹을 때 누군가 힘차게 사토코를 불렀다.

"사토코오오옷! 여기 있었구나."

리사였다.

함께 앉자고 하면 어쩌나 싶어 사토코는 몸을 움츠렸다.

"이거 줄게. 어제 초콜릿에 대한 보답이야."

사토코는 고맙다고 말하고 리사가 내민 쿠키를 받았다.

"그런데 그거 다이어트 쿠키야. 되게 맛없어."

리사는 왠지 기분이 좋아 보였다.

"봐, 난 이렇거든!"

리사는 셔츠를 올리고 손가락으로 뱃살을 집어 보였다.

"점심시간에 쇠고기 덮밥을 포기할 수 없으니까 간식이라도 이런 걸 먹으려고."

리사는 확실히 뱃살이 투실투실했다.

"사토코, 너도 잡아 볼래? 내 뱃살 엄청나."

사토코는 허물없이 구는 리사에게 맞춰 주지 않으려고 살짝 고개를 저었다.

"그래? 그럼 다음에 잡아 보던가."

리사는 생긋 웃고는 셔츠를 내려 자신의 배를 가렸다. 그리고 "아직 시간 남았지? 화장실 가서 큰일 보고 와야지."라고 당당하게 말하며 교실을 나갔다.

리사는 사토코가 걱정한 것처럼 같이 앉자는 말은 하지 않았다. 사토코가 웃는 얼굴로 대꾸하지 않아도 실망스런 표정을 짓거나 쭈뼛거리지도 않았다.

마음이 놓인 사토코는 그제야 쿠키를 한 입 베어 물었다. 쿠키는 달지 않을 뿐 맛없지는 않았다. 사토코는 쿠키를 먹으면서 리사가 무엇 때문에 자신에게 말을 걸어 온 걸까 생각했다. 그러다 "그렇게 큰 소리로 큰일 보고 오겠단 말은 좀 하지 마." 라고 중얼거렸다.

'역시 리사 가까이에 앉지 않은 게 정답이었어.'

사토코는 혼자 고개를 끄덕였다.

"오늘도 재미있게 이야기하던데?"

도넛 가게에서 기리시마는 오늘도 사토코에게 리사에 대해 물었다.

"그 아이랑 친해질 수 있겠네."

사토코가 리사에게 관심 없다는 것은 대화를 나누면서 기리시마도 알았을 것이다. 그런데도 리사와 친하게 지내라고 권하는 기리시마가 사토코 눈에는 이상하게 보였다.

퍼뜩 기리시마가 마음에 두고 있는 사람은 자신이 아닌 리사일 수도 있다는 생각이 들어 사토코는 불안해졌다.

'역시 화려한 아이를 좋아하나 봐.'

"그런가. 나는 잠깐 이야기한 것뿐인데."

사토코는 기분이 나쁘다는 듯 얼굴을 찡그려 보이며 말했다. 기리시마는 실망한 표정이었다.

기리시마 표정을 보자 사토코는 울컥 화가 치밀었다.

'내가 혼자 다니는 게 그렇게 걱정되면 너희 무리에 들어오라고 말해 주면 되잖아.'

사토코는 마음속에서 그렇게 쏘아붙였다.

그건 오래전부터 생각해 온 것이다. 언젠가는 그렇게 말해 주지 않을까 기대하고 있었다.

둘이 친하게 지내는 것은 비밀로 해도 좋다. 다만 학원에서 친하게 지낼 무리를 고를 수 있다면 기리시마가 속한 무리에 들어가고 싶었다. 거기에는 남자아이들과 여자아이들이 섞여 있어서 굉장히 재미있어 보였기 때문이다.

'걔네들 되게 재미있어. 틀림없이 사토코 너도 내 친구들이랑 금방 친해질 수 있을 거야. 그러니까 교실에서 우리랑 같이 앉자. 집에 가기 전에 같이 교무실에 들러 도미나가 선생님과 이야기도 하고.'

이렇게 말해 주기를 마음속으로 하염없이 기다리고 있건만 오늘도 기리시마는 그런 이야기는 한 마디도 하지 않았다.

"아 참, 며칠 있으면 나오 생일 파티야."

사토코는 할 수 없이 말머리를 돌렸다.

"초대받았거든. 엄청 기대돼."

기리시마와 대화가 삐걱거릴 때 학교 친구들 이야기는 도움이 된다.

"이야, 좋겠다."

겨우 기리시마가 밝은 목소리로 맞장구쳤다.

"선물은 뭐가 좋을까?"

사토코는 일부러 씩씩하게 말했다.

"이따 선물 사러 선물 가게에 갈까……."

"그래? 그럼 잽싸게 복습 끝내 버리자."

기리시마는 그렇게 말하고 가방에서 교재를 꺼냈다.

'함께 갈까?'

기리시마에게 이렇게 말해 주리라고 기대했던 사토코는 실망하고 말았다. 그래도 사토코는 애써 씩씩한 척 고개를 끄덕였다.

"그래, 얼른 해치우자!"

무슨 사이일까?

그 뒤로도 리사는 사토코에게 찰싹 달라붙거나 친하게 지내자고 다가오지는 않았다. 대신 교실에서 마주치면 "어머, 언니! 잘 지내?" 하고 장난치듯 말만 걸어왔다. 또 화장실에서 마주치면 "변비가 낫지 않는 거 있지."라며 고통스러운 듯이 배를 문질러 보이기도 했다.

하지만 딱 거기까지였다. 쉬는 시간에 과자를 나눠 먹자고 하지 않았고 가끔 쇠고기 덮밥을 먹으러 함께 가자고 말하지도 않았다. 그렇다고 다른 친구를 사귀는 것 같지도 않았고 수업은 언제나 혼자 들었다. 사토코는 은근히 신경 쓰였지만 리사가 말을 걸어올 때만 짤막하게 대답하고 말았다.

그러던 어느 날 복도에서 사토코를 깜짝 놀라게 할 사건이 있었다. 쉬는 시간에 사토코는 콜라를 사기 위해 교실을 나와 학원 입구에 있는 음료수 자동판매기로 가고 있었다.

"다마미 짱!"

등 뒤에서 리사 목소리가 들렸다. 굉장히 들뜬 목소리였다. 사토코는 그 목소리를 듣고 '흠, 친근감 있게 짱이라고 부를 수 있는 친구가 생겼나 보네.'라고 생각했다. 그리고 그 다마미 짱이 누구인지 궁금했다.

사토코는 무심코 뒤돌아보았다.

그런데 사토코가 본 건 도미나가 선생님 등이었다. 그 너머에서 리사가 히죽히죽 웃으며 선생님을 보고 있었던 것이다. 선생님은 놀랐는지 리사에게 다가갔다.

"다마미 짱, 어제는 집에 몇 시에 갔어? 오늘 수면 부족 아니야?"

리사는 손나발을 하고 그렇게 소리쳤다. 선생님이 리사를 잡으려 뛰기 시작하자 리사는 도망쳤다. 그러나 곧바로 선생님에게 붙잡혀 강사용 화장실 안으로 끌려 들어갔다.

순식간에 일어난 사건이었다.

사토코는 모든 상황을 우두커니 보고 있었다. 혼잡한 복도에서 방금 일어난 사건에 주목한 아이는 사토코밖에 없는 것 같았다.

가슴이 쿵쿵 뛰었다.

'방금 무슨 일이 일어난 거지? 다마미 짱이 누구야? 도미나가 선생님 이름은 다마미가 아닌데.'

사토코는 살그머니 강사용 화장실로 다가갔다. 화장실 안에서 나누는 대화를 들어 보려고 출입문에 귀를 갖다댔지만 복도가 시끄러워서 전혀 들리지 않았다. 여기가 학생용 화장실이라면 모른 척하고 들어갈 수도 있지만 강사용 화장실이어서 어떻게 해 볼 도리가 없었다.

사토코는 계속 그 자리에 서 있었다. 콜라를 사러 가는 것도 까맣게 잊은 상태였다.

'다마미라니 어떻게 된 일이지? 선생님은 또 왜 그렇게 허둥거린 거고? 지금 둘이서 무슨 이야기를 하고 있을까?'

사토코는 궁금해서 미칠 것 같았다.

다음 수업 시작 종이 울려도 둘은 화장실에서 나오지 않았다. 사토코는 별수 없이 교실로 돌아와 자리에 앉았다. 그리고 교실 입구만 뚫어지게 바라보았다.

리사가 아무 일도 없었다는 듯 교실로 돌아왔다. 곧바로 뒤를 이어 도미나가 선생님이 통탕거리며 들어왔다.

수업이 시작되었다. 사토코는 리사와 도미나가 선생님을 번갈아 가며 살펴보았다. 도무지 수업에 집중할 수가 없었다.

그것은 선생님도 마찬가지였다. 오늘 선생님은 간단한 계산 실수를 하기도 하고 수업 도중 멍하니 있기도 하고 펜을 바닥에 떨어뜨리기도 했다. 도무지 선생님답지 않았다. 더구나 선생님은 그런 실수를 할 때마다 리사를 흘끗흘끗 보았다. 그럼 리사는 히죽히죽 웃었다.

사토코는 안절부절못했다. 가슴이 심하게 방망이질 쳤다.

'저 둘, 분명히 뭔가 있어. 리사는 선생님을 다마미라고 불렀어. 내가 잘못 들은 게 아니야. 그리고 허둥대는 선생님 모습 좀 봐.'

리사는 도미나가 선생님 비밀을 알고 있는 것이다. 그것도 모두에게 알려지면 곤란할 정도로 매우 중대한 비밀 말이다.

어쩌면 기리시마도 그 비밀을 알고 있을지 모른다. 교무실에서 항상 웃고 떠드는 사이니까.

"다른 학생들에게는 절대 비밀이야."

도미나가 선생님은 학생 몇 명에게만 그렇게 말하고 몰래 털어놨을지도 모른다. 리사와 도미나가 선생님과 기리시마 무리는 어쩌면 모두 사토코가 모르는 곳에서 친하게 지내는지도 모른다. 학원 수업이 끝나고 교무실에서 노닥거리는 것에 그치지 않고 다 같이 어디서 만난다거나…….

사토코의 상상은 점점 부풀어 갔다.

"어제는 집에 몇 시에 갔어? 오늘 수면 부족 아니야?"

리사는 분명히 그렇게 말했다.

'어제 왜? 수면 부족이라니, 뭘 했는데?'

사토코는 거기까지 생각하고 입술을 꽉 깨물었다.

그날 사토코는 수업이 하나도 귀에 들어오지 않았고 기리시마와 보내는 시간도 재미없어서 짜증스런 마음으로 집에 되돌아갔다.

뜻밖의 대답

다음 날, 사토코가 교실에 들어가자 리사는 어김없이 그 자리에 앉아 있었다. 사토코는 곧장 리사에게 다가갔다.

"안녕."

그리고 아주 자연스럽게 리사 옆자리에 앉았다.

"안녕."

리사는 딱히 놀라지도 않고 하품을 하면서 사토코에게 인사했다.

"과학 숙제 해 왔니?"

사토코는 가방에서 교재를 꺼내면서 물었다.

리사에게 물어보고 싶은 것이 많았던 사토코는 어젯밤에 예습도 제대로 못하고 질문을 생각해 왔다. 순서대로 물어보면 리사가 왜 도미나가 선생님을 '다마미'라고 불렀는지 알 수 있을 것 같았다.

"응, 대충."

사토코 계획을 알 리 없는 리사는 하품을 억지로 참으며 고개를 끄덕였다.

사토코가 계획한 대로라면 다음 질문은 "이번 숙제 너무 어렵지 않았니?"라고 물어야 했다. 하지만 무척이나 졸린 듯한 리사에게 사토코는 엉겁결에 다른 걸 묻고 말았다.

"어젯밤에 집에 늦게 들어갔니? 누구랑 어디에 갔던 거야?"

혹시 도미나가 선생님과 함께 갔을지도 모른다고 생각했던 것이다. 사토코는 혹시나 대답을 못 들을까 봐 리사 쪽으로 몸을 쑥 내밀었다.

"아니, 그냥 집에서 텔레비전 봤는데."

리사는 그런 평범한 대답밖에 하지 않았다. 하지만 사토코는 포기하지 않았다.

"응, 밤늦게까지 누구한테 과외받는 건 아니고?"

사토코는 장난하듯 말해 봤다.

어쩌면 기리시마 무리와 함께 도미나가 선생님에게 특별 과외를 받고 있을지도 모른다고 생각했던 것이다. 사토코는 가슴을 콩닥거리며 대답을 기다렸다.

'사실이라면 어쩌지. 그게 사실이라면…… 아, 싫다.'

"에이 설마. 숙제도 아침에 허겁지겁했는걸."

리사가 대답했다.

"뭐?"

사토코는 숨이 멎을 정도로 놀랐다. 사토코는 준비해 온 질문을 까맣게 잊은 채 다시 캐물었다.

"그럼 혹시 예습도 안 해?"

사토코는 예습을 해 오지 않으면 A반 수업을 따라가지 못했다. 그런데 리사는 숙제만 겨우 해 온다는 것이다.

"어? 예습도 해 와야 하는 거야? 혹시 예습하지 않으면 혼나기라도 하니?"

사토코는 말문이 턱 막혀 입을 다물어 버렸다.

"어이, 주무시는 거예요?"

리사가 장난스럽게 사토코의 볼을 집게손가락으로 쿡쿡 찔렀다. 사토코가 놀란 건 전혀 눈치채지 못한 것 같았다.

곧이어 종이 울리고 사회 담당 나카자와 선생님이 뚱뚱한 몸을 기우뚱거리며 교실로 들어왔다. 에어컨 온도를 너무 낮춰 놓아서 교실은 한기가 도는데 선생님은 이마에 맺힌 땀을 닦으면서 시험지를 나눠 줬다.

수업이 시작되었지만 사토코는 충격이 가시지 않아 문제 풀이에 집중할 수 없었다.

결눈질로 리사의 모습을 훔쳐보니 예습을 하지 않았다는데도 척척 빈칸을 채워 나갔다. 답을 맞추어 보니 한 문제도 틀리지 않았다. 거짓말처럼 틀린 문제가 없었다.

오늘도 리사는 재미있는 옷차림을 하고 왔다. 무릎과 옷단이 찢어진 청바지에 가슴께에 하얀 프릴이 달린 노란 셔츠, 귀여운 빨간 샌들에 맞춰 발톱까지 빨갛게 칠했다.

사토코는 그날 온종일 수업에 집중하지 못했다. 하지만 더는 리사에게 도미나가 선생님에 대해서 물어볼 수 없었다. 가슴이 답답하고 초조했다. 국어 수업 시간에 야스이 선생님이 개그맨 흉내를 내도 도무지 재미있지 않았다.

생일 파티

나오의 생일 파티 날. 사토코는 나오 집에 가는 게 처음은 아니었다. 작년 나오 생일 때도, 여자아이들을 위한 전통 행사인 히나마쓰리 때도 초대받았다.

그때마다 나오 아빠와 엄마가 함께 사토코와 친구들을 챙겨주었다. 나오 엄마는 상냥한 사람이다. 소풍이나 체험 학습을 갈 때마다 반 아이들이 모두 먹을 수 있을 만큼 많은 쿠키와 케이크를 만들어 가지고 왔다.

나오 아빠는 화가이다. 사토코는 나오 아빠를 처음 봤을 때 덥수룩한 수염 때문에 외국 영화에 나오는 배우 같다고 생각했다. 실제로 나오 아빠는 일 때문에 자주 외국에 나가는데 그때마다 나오를 학교에 보내지 않고 데리고 갔다. 일주일이 걸릴 때도 있고, 한 달이 걸릴 때도 있다.

나오 아빠가 일하는 화실은 1층 절반 가량을 차지하는데 그

방만 천장이 높다. 사다리에 오르지 않으면 그릴 수 없을 정도로 커다란 캔버스가 몇 개나 있다. 예전에 나오 친구들 얼굴을 색종이에 슥슥 그려서 선물해 주기도 했다.

나오 아빠와 엄마는 외동딸인 나오를 애지중지 키웠다. 운동회 때는 꼴찌로 들어온 나오를 끌어안고 사람들이 보는데도 볼에 수없이 뽀뽀를 해댔다. 그리고 "대단하구나. 잘했어."라고 나오를 많이 칭찬해 주었다.

나오는 정말 기쁘게 웃었다. 나오는 언제나 벙글벙글 웃지만 그때는 여느 때보다 훨씬 더 기뻐하며 웃었다.

사토코는 그런 나오가 꼭 공주님 같다고 생각했다. 아빠와 엄마가 애지중지하는 공주님. 사토코는 공주님 같은 대접을 받는 나오를 볼 때면 눈을 돌려 버렸다. 그런 나오 가족을 볼 때마다 가슴이 꽉 죄어드는 것 같았다. 이유는 알 수 없지만 눈물이 날 것 같기도 하고 어쩐지 기분이 이상했다.

나오 집 앞에서 초인종을 누르자 "찌잉." 하고 소리가 났다. 곧바로 현관문이 열리고 먼저 도착해 있던 노리코가 나왔다.

"어서 와."

노리코가 달뜬 목소리로 사토코를 맞아 주었다. 거실에 들어가자 나오와 나오 아빠, 그리고 외국 사람 두 명이 함께 있었다.

나오 아빠는 사토코에게 그 사람들을 소개했다.

"이쪽 키다리 친구가 마이클이고, 머리가 반질반질한 친구는 앤드류란다."

그러고는 나오 머리에 뽀뽀를 하고 나오가 입은 옷을 칭찬했다.

그런 둘을 보고 있자 사토코는 또다시 가슴이 꽉 죄어드는 것처럼 답답했다. 그래서 허둥지둥 눈을 돌렸는데 키다리 마이클과 눈이 딱 마주치고 말았다. 마이클이 사토코를 향해 무슨 말인가 한 것 같았다. 그러자 노리코가 말했다.

"아마 나오 아빠는 딸 바보라고 말했을 거야. 저 봐, 어이없는 표정이잖아."

노리코는 자신 있는 듯 통역해 주었다.

"오케이, 오케이."

게다가 사토코 대신 마이클에게 대답까지 해 주었다.

노리코는 그 뒤로도 나오 엄마가 음식을 나르면 앞장서서 거들고, 멋대로 자리를 정해 앤드류와 마이클을 소파에 앉히기도 했다.

사토코는 그런 노리코를 보며 '참 챙기는 걸 좋아하는구나.'

라고 생각했다.

얼마 뒤, 초인종이 울렸다.

"아, 드디어 세쓰가 왔네. 아, 진짜! 지각이잖아."

노리코가 현관으로 뛰어나갔다. 그리고 세쓰를 데리고 거실로 오더니 나오 아빠 대신 마이클과 앤드류를 소개했다.

소개가 끝나자마자 세쓰는 갑자기 영어로 이야기하기 시작했다. 사토코도 노리코도 어리둥절해하며 세쓰를 보았다. 영어로 말하는 세쓰를 처음 본 것이다.

언제나 느릿느릿 말하는 세쓰가 영어로 이야기하니 무척 빠른 속도로 유창하게 말했다. 손짓이나 몸짓도 크고 당당했다.

사토코는 그런 세쓰를 멍하니 바라보았다. 노리코 역시 어안이 벙벙한 얼굴로 세쓰를 바라보았다.

생일 파티가 시작되자 나오 아빠와 엄마까지 영어로 이야기했기 때문에 마치 외국에 있는 것 같았다. 영어로 이야기하는 세쓰는 평소와 달리 무척이나 생기가 넘쳤다. 마치 다른 사람처럼 잘 웃었다. 무슨 이야기인지 잘 알아듣지 못하는 사토코와 나오, 노리코를 위해 통역도 해 주었다.

하지만 노리코는 그런 세쓰를 완전히 무시했다. 영어로 이야기하는 사람들 쪽은 보지도 않고 "나오, 다음에는 뭐 먹을 거야?" 라는 둥, "사토코, 학원 다니기 힘든가 보다? 얼굴에 스트레스 쌓인다고 쓰여 있는걸." 하며 나오와 사토코에게만 말을 걸었다.

노리코의 특별훈련

사토코는 생일 파티가 끝나고 노리코, 세쓰와 함께 나오 집을 나왔다.

걸으면서 사토코가 말했다.

"세쓰가 영어로 말하는 거 오늘 처음 들어 봤어. 정말 대단하더라."

"아니야. 오랜만에 영어로 말하는 거라 엉망이었어."

세쓰는 볼이 빨개지며 손사래를 쳤다.

"엉망이었다고? 우린 전혀 모르겠던데. 정말 멋졌어."

사토코는 솔직하게 세쓰를 칭찬했다.

하지만 노리코는 발끈한 얼굴로 말했다.

"나는 일본어로 말하는 세쓰가 더 좋더라. 생각해 봐, 우리는 일본 사람이잖아. 영어로 말하는 게 멋있다는 말은 좀 이상하다고."

노리코의 말에 세쓰와 사토코는 엉겁결에 멈춰 섰다.

"세쓰 너도 그렇지? 영어보다 일본어를 잘한다는 소리가 더 듣고 싶지?"

노리코는 화난 것처럼 뚱했다.

"으, 응. 나 일본어 열심히 하지 않으면 안 되니까."

갑자기 세쓰가 더듬거렸다.

"그렇지? 우리가 도와줄게, 열심히 하자."

노리코가 세쓰의 어깨를 두드렸다.

"응, 고마워……."

그리고 노리코는 앞으로도 같이 일본어 특별훈련을 하자고 했다. 사토코는 '또 시작이네.'라는 생각에 넌더리가 났다.

3학년 때까지 외국에서 살았던 세쓰에게 노리코는 일본어 선생님이었다. 노리코는 곧잘 세쓰에게 정확한 발음이나 표현을 가르쳐 주었다.

솔직히 세쓰의 일본어는 전혀 이상하지 않았다. 선생님에게 주의를 받는 일도 없었다. 그래서 특별훈련 따위 필요 없는데도 세쓰는 언제나 순순히 노리코의 특별훈련을 받았다. 사토코는 그런 세쓰가 참 착하다고 생각했다.

"이게 다 세쓰를 위한 거라고. 그러니까 사토코 너도 세쓰를 도와줘."

사토코는 당연하다는 듯이 고개를 끄덕였다. 사토코는 늘 특별훈련을 도와주었다. 노리코는 걸어가면서 전봇대에 붙어 있는 전단지라든가 선거 홍보물을 소리 내어 읽었다.

"건강 오일은 천연 비타민이 풍부합니다, 시작!"

"건강 오일은 천연 비타민이 풍부합니다."

사토코와 세쓰가 노리코를 따라 정확한 발음으로 되풀이했다. 둘의 목소리가 예쁘게 겹쳐졌다. 막힘이 없었다. 발음이 틀리지도 않았다.

그런데도 노리코는 선거 홍보물을 또 소리 내어 읽었다.

"잘 부탁합니다, 시작!"

"잘 부탁합니다!"

사토코와 세쓰는 노리코를 따라 똑같은 발음과 강세로 선거 홍보물을 읽었다.

하얀 강아지를 안은 아주머니가 세 사람을 보고 다정하게 미소 지으며 지나갔다. 그 아주머니 눈에는 천진한 여자아이들이 신 나게 떠들어 대는 것처럼 보였을 것이다.

눈부신 태양, 하얀 뭉게구름, 무성하게 우거진 느티나무 가로수. 슈퍼마켓 간판이나 트럭에 적힌 문구를 소리 맞춰 되풀

이해 읽는 여자아이들.

사토코는 그런 자신들을 아주머니 시선으로 바라보았다. 즐거워 보일 것 같다는 생각이 들었다.

특별훈련은 사토코가 나머지 두 명과 헤어지는 곳에 도착할 때까지 이어졌다. 사토코는 마지막까지 천진하게 떠드는 여자아이 역할을 연기했다.

사토코는 노리코, 세쓰와 헤어져 집에 되돌아갔다. 거실에서 엄마가 누군가와 통화하고 있었다. 책상 위에는 여러 회사에 관한 작은 책자며 구인 정보 잡지가 쌓여 있었다.

사토코는 엄마가 늘 하는 통화라는 걸 금세 눈치챘다. 엄마는 요즘 여러 회사에 전화를 걸어 일하게 해 달라고 부탁하고 있었다. 사토코는 거실 입구에서 통화를 엿들었다.

"꼭 부탁합니다. 컴퓨터 자격증은 가지고 있습니다."

매달리는 듯한 엄마 목소리에 사토코는 귀를 막고 싶었다.

"네, 하지만 은행에서 5년간 일한 경험도 있고……. 네, 공백이 있었던 건 사실이지만……."

엄마 목소리가 점점 작아졌다.

"어느 정도는 근무 시간 외에도 일할 수 있으니까 그 점을 잘 헤아려 주셔서…….”

엄마는 등을 구부린 채 수화기에 매달리듯 말했다.

“네, 네……. 네, 그렇군요. 알겠습니다.”

목소리만으로도 엄마가 또 거절당했다는 것을 알 수 있었다. 사토코는 그런 불쌍한 모습이 보기 싫었다.

“다녀왔습니다.”

엄마가 통화를 마치길 기다렸다가 사토코는 방금 돌아온 척하며 거실에 발을 들여놓았다.

“아, 어서 와…….”

엄마는 사토코를 보고도 비참한 표정을 지우지 못했다. 사토코는 엄마에게서 눈길을 돌렸다.

“엄마, 직장 구하는 거 또 실패했어. 아줌마라서 그런가 도무지 써 주질 않네.”

엄마는 크게 한숨을 내쉬면서 말했다. 그리고 그대로 등을 구부린 채 구인 정보 잡지를 넘기기 시작했다.

“엄마는 안 되나 봐.”

엄마가 힘없이 웃으며 말했다.

“엄마도 우리 사토코처럼 똑똑하면 좋을 텐데.”

사토코는 엄마가 하는 말이 들리지 않는 듯 책상에 있는 과자 상자를 열었다.

"엄마는 네가 부럽구나."

사토코는 엄마에게 칭찬을 받으면 받을수록 아무 대꾸도 할 수가 없었다.

오늘 생일 파티에서 있었던 일도, 노리코와 세쓰와 나오에 대해서도, 그리고 기리시마와 리사에 대해서도.

"아 참, 나오 생일 파티 재밌었니?"

엄마는 자기 이야기가 끝나자 사토코에게 관심을 돌렸다.

"응, 진짜 재밌었어요."

사토코는 그렇게 대답하고 도망치듯 방으로 들어가 버렸다.

사토코는 고학년이 되고 나서 이웃 사람들과 친척 아주머니들에게 이런 말을 들었다.

"어머나, 점점 엄마를 닮아 가네."

사토코는 그 말을 들을 때마다 짜증이 났다.

'너도 네 엄마처럼 비참해 보여.', '너도 엄마를 닮아서 되는 일이 없겠구나.'라는 뜻으로 들렸다. 그래서 사토코는 언제나 이렇게 부정해 왔다.

"닮은 건 얼굴뿐이에요. 속은 전혀 다르다고요."

하지만 엄마가 나약한 소리를 하거나 어느 회사에서도 엄마를 써 주지 않는 모습을 보면 불안했다.

사토코는 크게 심호흡을 하고는 자신에게 말했다.

"나는 괜찮아. 엄마하고는 다르니까."

그리고 책상 앞에 앉아 예습을 시작했다.

완벽한 계획

월요일에 사토코는 학원에 가자마자 리사가 늘 앉는 자리 옆에 앉았다. 오늘은 꼭 리사와 친해지겠다고 결심하고 학원에 온 것이다.

사토코에게는 계획이 있었다.

우선 리사와 친해진다. 다음은 리사를 통해 도미나가 선생님과 친해진다. 그러면 수업이 끝나고 교무실에 들러 도미나가 선생님과 이야기할 수 있게 된다. 그곳에는 기리시마도 있다. 기리시마와 어울리는 아이들과도 친해질 수 있다.

'완벽한 계획이야. 내가 바라는 대로 될 거야.'

사토코는 어느새 자신이 헤벌쭉 웃고 있다는 것을 깨닫고 얼른 입술을 꽉 다물었다.

잠시 뒤 리사가 졸린지 하품을 하면서 교실에 들어왔다. 사토코를 신경 쓰지 않는 듯 늘 앉는 자리에 앉았다.

"안녕."

리사는 오른손을 들어 "안녕." 하고 대답했다.

"또 졸린가 보구나. 리사 너, 밤새워 놀았지?"

사토코는 친근한 목소리로 말을 걸었다.

그러자 리사는 졸린 듯 멍한 얼굴로 사토코를 보았다. 사토코는 순간적으로 자신이 친한 척해서 화난 건가 싶어 덜컥 겁이 났다. 하지만 리사는 당황한 듯이 물었다.

"나한테…… 입 냄새 나?"

사토코는 귀를 의심했다. 리사는 손에 입김을 후 불고는 킁킁거리며 열심히 냄새를 맡았다.

"어쩌지. 진짜 좀 나네. 밤새고 바로 왔더니……"

그러고는 고개를 위아래로 끄덕이며 일어섰다.

"잠깐 양치질 좀 하고 올게."

리사는 방금 전 나른한 모습으로 교실에 들어온 사람이라고는 믿을 수 없을 정도로 후다닥 교실을 뛰어나갔다.

사토코는 어안이 벙벙하여 리사의 뒷모습을 그저 멍하니 바라볼 뿐이었다.

'진짜 밤새껏 논 거야? 역시 이런 아이가 아니면 도미나가 선생님과 친하게 지낼 수 없는 거구나.'

사토코는 어떻게 하면 밤놀이에 낄 수 있는지 몰랐다.

혹시…….

사토코는 철렁했다.

'도미나가 선생님도 함께 있었나? 혹시 기리시마 무리도 함께 있었던 거야?'

기리시마는 사토코에게 공부 이야기밖에 하지 않는다. 학교 이야기도 별로 하지 않는다. 친구나 집안 이야기도…….

친구나 학교 이야기를 하는 것은 항상 사토코 혼자다. 기리시마는 언제나 싱글벙글 웃으며 사토코가 하는 이야기를 들어줄 뿐이다.

수업 시작종이 울리자마자 도미나가 선생님과 리사가 이야기하면서 교실로 들어왔다. 사토코는 걸어오는 리사를 보고 미소 지었다. 리사가 혀를 쏙 내밀고 어깨를 으쓱해 보였다. 사토코는 그런 몸짓이 무척이나 친근하게 느껴졌지만 왠지 서글펐다.

수업이 시작되자 사토코는 어려운 계산 문제를 술술 풀어나가는 리사에게 뒤지지 않기 위해 안간힘을 쓰며 문제 풀이에 몰두했다.

도미나가 선생님의 수학 수업이 끝나자마자 사토코는 자신이 가져온 쿠키를 리사에게 내밀면서 말했다.

“너 점심시간에 만날 쇠고기 덮밥 먹으러 가지?”

“응.”

리사는 쿠키를 받으면서 고개를 끄덕였다.

“다음에 갈 때 나도 데려가 주면 안 될까?”

리사는 쿠키를 오도독오도독 먹으면서 자신의 가방 속을 부스럭부스럭 뒤적였다.

“좋아.”

리사는 가방 속에서 뭔가를 찾고 있었기 때문에 대충 대답하는 것 같았다.

“그럼, 오늘 따라가도 돼?”

“그래.”

리사는 가방 속에 머리를 넣고 뭔가를 찾고 있었다.

“진짜?”

사토코는 리사의 어깨를 잡고 흔들었다. 그러자 리사는 마침내 얼굴을 들고 소리쳤다.

“아, 안 돼! 깜빡했어.”

리사는 한숨을 쉬면서 어깨를 축 늘어뜨렸다. 사토코는 머뭇머뭇 물어봤다.

"뭐 안 가져왔어? 숙제? 다음 사회 시간은 숙제 없어."

그토록 열심히 찾는 걸 보면 아주 중요한 것을 잊고 온 게 분명했다.

"다이어트 쿠키를 깜빡했어."

그 대답에 사토코는 리사라는 아이를 점점 알 수가 없었다.

"쿠키……. 또 너한테 얻어먹었잖아."

리사는 먹다 만 쿠키를 사토코에게 보란 듯이 들어 보이고는 고개를 푹 수그렸다.

"괜찮아, 그런 건……."

사토코는 하도 어처구니가 없어서 말꼬리를 흐렸다.

"괜찮지 않단 말이야!"

하지만 리사는 고집스레 고개를 흔들어 댔다.

"아이, 짜증나! 사토코가 쿠키 주면 나도 꼭 주려고 꼬박꼬박 가방에 넣고 다녔단 말이야. 꼭 필요한 날에 안 가져오다니, 진짜 짜증나 죽겠어!"

리사는 그런 자신이 싫었는지 머리카락을 쥐어뜯기 시작했다. 사토코는 리사의 이해할 수 없는 태도를 그저 멍하니 바라볼 뿐이었다.

"앗, 큰일 났다!"

갑자기 리사가 표정을 싹 바꾸고 소리쳤다.
"왜, 왜?"
사토코는 다시 긴장했다.
"큰일 보러 가야 돼!"
사토코는 정말이지 뭐라고 해야 할지 알 수가 없었다.
"점심 먹으러 가기 전에 비우지 않으면 배가 더 나오거든. 아직 시간 괜찮지? 갔다 올게!"
리사는 사토코의 표정 따위 전혀 아랑곳하지 않고 잽싸게 교실을 뛰어나가 버렸다.
"화장실 같이 갈래?"와 같은 말은 하지 않았다.
사토코는 난감했다. 재미있는 아이라고 웃어넘기고 싶은데도 웃음이 나오지 않았다. 난처하기만 할 뿐 도무지 리사의 기분을 맞출 수가 없었다. 노리코 무리와는 하늘과 땅만큼이나 달랐다. 어디쯤에서 맞장구치고 고개를 끄덕여야 할지 종잡을 수가 없었다. 하지만…….
사토코는 크게 숨을 내쉬고 마음을 다잡았다.
'리사와 친해지고 도미나가 선생님과 친해지면 교무실에서 기리시마 무리와도 친해지게 될 거야. 그러면 기리시마와 더 많은 이야기를 할 수 있겠지. 틀림없이 하루하루가 즐거워질

거야.'

'괜찮아, 점심 때 리사와 함께 점심을 먹으러 갈 거니까.'

사토코는 그렇게 혼잣말을 하고 쿠키를 베어 먹었다.

하지만 점심시간에 사회 수업이 끝나고 사토코가 선생님에게 잠깐 질문하는 사이에 리사는 혼자서 교실을 나가 버렸다. 사토코에게 말 한 마디 없이 나가 버린 것이다.

순간 사토코는 섭섭한 마음이 와락 들었다. 외톨이가 된 기분이었다.

사토코는 할 수 없이 편의점에 도시락을 사러 갔다. 비참한 마음으로 도시락을 고르면서 사토코는 결심했다.

'내일은 꼭 뛰어서 리사를 따라가야지. 리사가 하는 대로 맞출 거야.'

사토코는 닭고기 야채 도시락을 집으며 마음먹었다.

보통, 국물 많이!

“진짜 까맣게 잊어버렸지 뭐야.”

다음 날 점심시간에 사토코는 리사와 함께 점심을 먹으러 갔다.

“있지, 배고파 죽는 줄 알았거든. 진짜야. 진짜로 깜빡했다니까.”

리사는 사토코에게 어제 일을 몇 번이나 사과했다.

“이제 그만 사과해도 돼. 나 화난 거 아니니까…….”

리사가 계속 사과하자 사토코는 슬슬 지겨워지기 시작했다. 똑같은 말을 벌써 몇 번째 들었는지 모른다.

하지만 리사는 여러 번 사과한 것치고 전혀 미안한 표정이 아니었다. 오히려 사과하는 것을 즐기는 것처럼 보였다.

“진짜 미안해.”

리사가 까르르 웃으며 또 사과했다. 사토코는 웃으며 고개만 끄덕였다. 어제 점심시간이 끝난 뒤부터 이런 대화가 되풀이되고 있었다.

머리 위에서 햇볕이 쨍쨍 내리쬐었다. 사람들은 한결같이 눈이 부신 듯 눈을 가늘게 뜨고 걸었다.

사토코는 바지런히 걸었다. 리사는 걸음이 굉장히 빨랐다. 걸어가는 사람들을 쑥쑥 앞질러 갔다. 사토코의 이마에 땀방울이 송송 맺히더니 이내 줄줄 흘러내렸다. 콧날을 따라 흘러내린 땀이 입 안으로 들어가자 짭조름했다.

사토코는 어제 기리시마에게 리사와 친해질 것 같다고 이야기했다. 그러자 자기 일처럼 기뻐했다.

"아, 진짜? 그 아이랑 친해질 것 같아? 잘됐다, 사토코. 진짜 잘됐어."

사토코는 그런 기리시마의 모습이 몹시 실망스러웠다. 왜 그렇게 좋아하는지 영문을 알 수가 없었다.

'내가 혼자 다니는 게 불쌍했던 거야? 아니면 내가 더는 너희들 무리에 끼어 달라고 하지 않을 것 같아서 마음이 편해졌어? 혹시 기리시마 너도 속으로는 리사와 친해지고 싶은 거야? 내가 먼저 친해지면 그다음에 너도 친해지려는 속셈이야?'

사토코는 묻고 싶은 말이 수두룩했지만 아무것도 물어볼 수 없었다. 기리시마가 기분 나빠할까 봐 솔직하게 말할 수 없었던 것이다. 그래서 사토코는 어제도 도넛 가게에서 기리시마와 공부만 하고 헤어졌다. 오락실에 가지도 않았고, 놀이공원에 가자는 약속도 하지 않았다. 그런 곳에 함께 가는 건 상상 속에서만 가능한 일이었다.

쇠고기 덮밥집에 도착하자 리사는 익숙하게 가게 안으로 들어갔다.

"어서 오세요!"

점원의 힘찬 목소리가 들려왔다.

"안녕하세요!"

리사는 점원 못지않게 힘찬 목소리로 인사했다. 말없이 먹고 있던 사람들이 고개를 들고 쳐다보았다. 리사는 아랑곳하지 않고 잽싸게 계산대 안쪽 자리에 앉았다.

"보통, 국물 많이. 그리고 채소 된장국."

리사가 능숙하게 주문했다.

"뭐 하고 있어. 빨리빨리."

리사가 입구에 우두커니 서 있는 사토코를 재촉했다.

사토코는 허겁지겁 리사 옆자리에 앉았다. 하지만 이런 곳이 처음인 사토코가 음식을 어떻게 주문하는지 알 리가 없었다. 점원은 사토코 바로 앞에 서서 주문하기를 기다리고 있었다. 도움을 청하듯 옆을 봤지만 리사는 사토코가 쩔쩔매거나 말거나 물만 벌컥벌컥 마시고 있었다.

"저……."

사토코는 여자 점원을 올려다봤지만 얼굴에 웃음기라곤 눈곱만큼도 없었다.

"같은 거……. 얘랑 같은 걸로 주세요."

점원이 미간을 찡그리는 걸 본 사토코는 허겁지겁 주문을 했다. 얼마나 긴장했던지 목소리가 갈라져 나왔다.

"보통 둘, 국물 많이, 채소 된장국 둘!"

사토코의 말이 떨어지기 무섭게 점원이 소리쳤다. 그 말을 받아 주방에서 남자들이 "보통 둘, 국물 많이, 채소 된장국 둘!" 이라고 되풀이했다.

마침내 점원이 다른 곳으로 갔다. 가까스로 주문을 마친 사토코는 후유 하고 한숨 돌렸다. 슬쩍 옆에 있는 리사를 보니 주방 쪽을 들여다보기도 하고 간장 통 뚜껑을 열어 보기도 하며 시간을 보내고 있었다. 사토코가 쩔쩔매고 있는 것은 전혀 아랑곳하지 않는 듯했다. 사토코는 리사를 따라온 게 조금 후회가 되었지만 물을 마시며 마음을 가라앉혔다.

금세 채소 된장국이 나왔다. 이어서 쇠고기 덮밥도 나란히 놓였다.

"잘 먹겠습니다!"

리사가 큰 소리로 말했다. 맞은편 카운터 자리에 있던 아저씨가 리사를 흘깃 쳐다보았다.

리사는 왼손으로 그릇을 들고는 밥을 먹기 시작했다. 마치 빨리 먹기 경쟁을 하는 사람 같았다. 주위를 둘러보니 다른 사람들은 천천히 밥을 입에 떠 넣고 있었다. 정신없이 먹는 사람은 리사뿐이었다.

사토코는 빨리 먹지 않고 제 속도대로 밥을 먹기 시작했다.

"우아, 감동이야! 나 이런 데 처음 와 봐. 꼭 한번 먹어 보고 싶었는데. 드디어 꿈이 이루어졌네."

사토코는 먹으면서 일부러 과장되게 감탄했다.

하지만 리사는 아무 대꾸 없이 빠르게 먹었다.

"아 참, 밤은 자주 새니?"

사토코는 젓가락질을 멈추고 리사를 쳐다보며 물었다.

"난 밤새 놀아 본 적이 없거든."

사토코는 어제 일이 궁금했다.

'어제는 누구와 놀았어? 혹시 도미나가 선생님과 함께?'

사토코는 미리 질문을 준비해 뒀다. 하지만 리사는 채소 된장국을 든 채 쏘아붙였다.

"자꾸 말 시키면 먹을 수가 없잖아."

조금 화난 것 같은 리사가 말을 이었다.

"그리고 너, 너무 느리게 먹는 거 아니야?"

예상치 못한 리사의 반응에 사토코는 말문이 막혔다.

"그렇게 먹으면 시간이 너무 오래 걸리잖아. 난 점심시간에 가고 싶은 데가 또 있어서 먹자마자 바로 나갈 거야."

리사는 그렇게 말하고는 채소 된장국을 후루룩 마셨다.

사토코는 마음이 급해졌다. 이런 곳에 혼자 남아 있는 건 곤란했다. 그래서 더는 말하지 않고 허겁지겁 먹기 시작했다.

후식은 백화점에서

"어디 가는데?"

결국 사토코는 쇠고기 덮밥을 남겼다. 그리고 깨끗이 먹어 치운 리사와 함께 음식점을 나왔다.

"백화점."

사토코가 종종걸음으로 걷지 않으면 성큼성큼 걸어가는 리사를 따라갈 수가 없었다. 먹자마자 빨리 걸은 탓에 옆구리가 꼭꼭 찌르듯이 아파 왔다. 사토코가 오른손으로 옆구리를 누르며 걸어도 리사는 털끝만큼도 걱정하지 않았다.

"백화점에 가서 뭐 하게?"

사토코는 리사를 간신히 따라가고 있었다.

"식품 판매장에 갈 거야."

"엄마가 장이라도 봐 오래?"

사토코는 오른손으로 옆구리를 문지르면서 물었다.

"아니, 먹으러 가."

"먹으러 간다고?"

백화점 입구에 있는 엘리베이터에 올라타면서 사토코가 되물었다. 걸음을 멈추자 옆구리 아픈 것이 조금 나아졌다.

"식품 판매장에 가면 과일이랑 소시지 같은 거 시식할 수 있잖아. 그런 거 먹으러 가는 거야."

단지 그것 때문에 가는 거냐고 묻고 싶은 걸 사토코는 꾹 참았다.

"우아, 재밌겠다! 날마다 먹으러 가니?"

"응. 여기 시식 판매는 날마다 바뀌니까. 어제는 수박을 먹었는데 되게 달고 맛있더라."

리사는 아주 신 나는 듯 웃으며 재잘거렸다.

리사와 사토코는 백화점 지하 식품 판매장을 돌아다니면서 돼지고기 생강 구이와 신제품인 사과 주스, 초콜릿 맛 과자, 블루치즈 등을 먹었다. 블루치즈는 맛이 싸하고 구릿해서 둘 다 조금밖에 먹지 않았다. 그리고 둘은 점심시간이 끝날 때에 맞춰 학원까지 뛰어서 돌아왔다.

뛰기 시작하자 사토코는 또 배가 아팠다. 사토코가 옆구리를 손으로 누르고 있어도 리사는 속도를 늦추지 않았다.

학원에 도착하자 리사가 말했다.

"운동 많이 됐지?"

"응, 살 좀 빠졌을까?"

사토코는 옆구리를 누른 채 숨을 헐떡이며 맞장구쳤다.

"뭐, 칼로리 소비가 좀 되긴 했겠지."

리사의 말에 사토코는 방긋 웃어 보였다.

오후 첫 시간, 과학 수업이 시작했는데도 사토코는 여전히 옆구리가 콕콕 찌르듯 아팠다. 수업에 집중도 안 되고 선생님 말도 잘 들리지 않았다. 결국 지금 어디를 공부하고 있는지도 모를 만큼 상태가 나빠졌다.

사토코가 그렇게 진땀을 빼고 있는데도 옆에 앉은 리사는 괄호 안에 정답을 써넣고 교재 다음 장을 팔락팔락 넘기고 있었다. 평소 사토코에게는 엄청난 속도로 진행되는 수업이지만 리사에게는 느리게 느껴지는 것 같았다. 리사는 이따금 입이 찢어져라 하품을 하기도 했다.

결국 사토코는 옆구리가 아파서 오후 내내 수업을 제대로 듣지 못했다.

그날 기리시마는 도넛 가게에서 사토코를 보자마자 물었다.

"오늘 그 아이랑 같이 점심 먹었지? 재밌었어?"

사토코가 씩씩하게 고개를 끄덕이자 기리시마는 기분 좋은 듯이 말했다.

"잘됐다!"

그날 기리시마는 아주 기뻤던지 해맑게 웃었다. 복습을 할 때도, 해피 노트를 교환할 때도 다른 날보다 들떠 있었다. 그런 기리시마를 보자 사토코는 섭섭한 마음이 들었다.

리사와 친해지려는 건 기리시마 무리에 다가가기 위해서인데 어째 기리시마와 자꾸 멀어지는 것 같았다.

'괜찮아. 결국에는 계획대로 될 거야. 내 상상대로 즐거운 일이 일어날 거야.'

사토코는 기도하는 심정으로 자신에게 "힘내!"라고 말해 주었다.

날 싫어하나?

리사와 함께 보내는 날들이 계속됐다. 리사는 날마다 같은 음식점에 갔다. 사토코는 일주일 만에 쇠고기 덮밥에 질려 버렸지만 그래도 계속 리사와 함께 다녔다.

점심을 먹고 백화점 식품 판매장을 돌며 시식하는 것 또한 하루도 거르지 않았다. 사토코는 식품 판매장을 돌면서 먹는 것이 창피했다. 그런데도 리사와 함께 다녔다.

"너희들, 또 왔니?"

아이스크림을 작은 용기에 넣어 나눠 주던 아주머니에게 그런 말을 들었을 때도 사토코와 달리 리사는 눈곱만큼도 창피한 것 같지 않았다.

"뭐 어때서요. 아주머니, 더 수북이 담아 주세요."

게다가 리사는 한 술 더 떠 뻔뻔하게 이렇게 요구하기까지 했다.

"아주머니, 내일 시식 음식은 뭐예요? 난 감자 튀김을 좋아하는데."

사토코는 낑낑거리며 리사의 꽁무니를 졸졸 따라다녔지만 아직도 도미나가 선생님 비밀을 듣지 못했다. 도미나가 선생님 비밀은커녕 리사의 집, 학교, 친구 등 리사에 대해서도 무엇 하나 알아내지 못했다.

여기저기 돌아다니며 먹다 보면 점심시간이 끝나 버리기 때문에 사토코가 질문할 수 있는 시간은 쉬는 시간뿐이었다. 그나마 느긋하게 이야기할 수 있는 짧은 시간이었다.

"학교는 어디야?"

"미쿠라 초등학교."

리사는 이 정도만 대답했다.

"우아, 미쿠라 초등학교는 합창으로 전국 대회까지 올라간 곳 아니야?"

하지만 리사는 흥미 없는 듯 손톱을 만지작거렸다.

"그런가?"

"그런가라니, 전국 대회에 나갔잖아?"

"맞아."

그리고 리사는 머리카락 끝을 보며 상한 머리카락을 찾기 시작했다.

“합창 대회에 나가는 아이들은 어떻게 뽑아? 오디션 같은 게 있는 거야?”

“아, 큰일 보고 와야지.”

리사는 그렇게 사토코가 묻는 말을 무시하고 자리를 떠 버렸다.

“중학교 지망 순위 정했어?”

어느 날, 사토코가 묻자 리사는 중학교 지망 순위라는 말을 모르는 사람처럼 고개를 갸웃했다.

“중학교 지망 순위?”

“그래, 가고 싶은 중학교 정했냐고?”

“아하…….”

리사는 그제야 무슨 말인지 이해한 얼굴이었다.

“나는 열심히 공부해서 명문 중학교나 사립 중학교에 가고 싶어.”

사토코가 먼저 이야기했다.

“리사 넌 어디가 목표야?”

사토코는 자신이 먼저 말했으니 당연히 리사도 말해 줄 거라고 생각했다. 누가 뭐래도 둘은 날마다 점심을 같이 먹는 사이니까. 하지만 리사는 말해 주지 않았다.

"아, 목말라. 콜라 사 와야지."

그렇게 말하고 어슬렁어슬렁 자리를 떠 버렸다.

리사는 사토코가 뭔가를 물어볼 때마다 그런 식으로 피했다. 숨기는 것이 있다기보다 자신에 대해 질문을 받기 싫어하는 것 같았다.

그때마다 사토코는 '내가 기분 나쁘게 한 건지도 몰라.', '나를 싫어할지도 몰라.' 하고 걱정했다. 하지만 다음 날 아침이면 리사는 "사아토코! 안녕!" 하고 복도를 걷는 사토코의 눈을 뒤에서 가리곤 했다.

"오늘도 점심은 덮밥집에 갈 거지? 아, 날마다 간다니 신 나지 않아?"

이렇게 말하면서 사토코에게 손가락으로 브이 자를 만들어 보이기도 했다.

사토코는 리사를 도무지 종잡을 수가 없어서 피곤했다.

오늘도 사토코는 도넛 가게에 들러 기리시마를 만났다. 거기서 복습을 하고, 해피 노트를 교환했다. 그리고 집에 돌아오자마자 지쳐서 침대에 쓰러져 버렸다. 그대로 잠이 들어 저녁밥 먹을 때에야 일어나 허둥지둥 교재를 펼쳐 봤지만 마음은 딴 곳에 가 있었다. 공부에 집중할 수가 없었다. 문제를 풀다 보면 어느새 도미나가 선생님 비밀이며 교무실에서 떠드는 기리시마 무리를 생각했다.

숙제도 예습도 제대로 못하는 날들이 계속됐다.

비밀 이야기

여름 방학 특강이 거의 끝나 가고 있었다. 하지만 사토코는 여전히 리사에게 아무것도 묻지 못했다. 하루하루가 똑같았다. 점심시간에는 리사와 함께 쇠고기 덮밥을 먹으러 갔다.

어느 날, 사토코는 단단히 마음먹고 기리시마 무리가 점심을 먹는 햄버거 가게에 가 보자고 리사에게 제안했다. 어쩌면 거기서 친해질 기회가 생길지도 모른다는 속셈이었다.

하지만 리사는 퉁명스럽게 말했다.

"억지로 같이 가지 않아도 돼. 쇠고기 덮밥을 먹고 싶지 않으면 너 혼자 햄버거 가게에 가면 되잖아."

사토코는 그 말에 가슴이 철렁했다. 그래서 허겁지겁 얼버무렸다.

"아냐, 그게 무슨 말이야. 그냥 한번 말해 본 거야……."

그래서 다시 쇠고기 덮밥집에 다니는 날이 계속됐다.

기리시마와 도넛 가게에서 보내는 하루하루도 마찬가지였다. 교무실에 들렀다 오는 기리시마를 기다렸다가 둘이서 복습했다. 그리고 해피 노트를 교환했다. 도넛 가게에서 나오면 손을 흔들며 헤어졌다. 놀이공원이나 수족관에 가자는 이야기는 하지 않았다.

사토코는 계획대로 되지 않자 초조해지기 시작했다.

리사와 도미나가 선생님과 친해지고, 수업이 끝나면 기리시마 무리와 함께 교무실에 들른다는 계획은 단 1퍼센트도 진전이 없었다. 하루하루가 즐겁지 않았다.

사토코는 눈 딱 감고 자신의 중대한 비밀인 기리시마와의 관계를 털어놓을까 생각했다. 그럼 리사는 틀림없이 사토코에게 흥미를 가질 것이다. '남자 친구가 있다니, 대단한걸.', '친해지고 싶어.', '그럼 내 비밀도 이야기해 볼까?' 하고 생각하지 않을까.

그런 상상을 한 사토코는 쉬는 시간이 되자 단단히 마음먹고 말을 꺼냈다.

"리사, 넌 좋아하는 사람 있어?"

긴장이 됐다.

"좋아하는 사람?"

리사는 시시하다는 듯 되물었다. 하지만 사토코는 아랑곳하지 않고 말했다.

"난 있지, 저기 있는 저 아이를 좋아해. 이거 비밀이야. 우리 반에서 리사 너밖에 몰라."

"누구?"

리사는 흥미로운 듯 몸을 기울여 기리시마를 찾기 시작했다. 리사도 이런 이야기에는 흥미를 갖는다고 생각하니 사토코는 신이 났다.

"저기, 저 파란 셔츠 입은 남자아이."

사토코는 리사의 귀에 속삭였다.

"어? 아하, 지금 손뼉 치면서 웃고 있는 아이?"

"그래그래, 저 아이."

"응."

리사가 감탄한 듯이 고개를 끄덕였다.

"날마다 학원 끝나면 같이 데이트하고 집에 가."

"우아!"

리사는 점점 더 감탄스러운 듯이 사토코를 바라봤다. 예상했던 반응이 나오자 사토코는 한술 더 떴다.

"데이트 진짜 재밌어. 오락실에도 가고, 놀이공원에도 가."

사토코는 자신의 입에서 나오는 말에 도취되어 있었다.

"얼마 전에는 함께 선물 가게에 가서 내 친구 생일 선물도 함께 골랐어."

술술 나오는 거짓말이 사토코의 기분을 둥둥 뜨게 해 주었다. 마치 튜브에 탄 채 물 위에 둥둥 떠 있는 것처럼 기분이 좋았다.

"있지, 가끔씩 손도 잡고 그래. 아주 가끔이지만."

사토코는 가슴이 터질 듯 쿵쾅쿵쾅 뛰었다. 거짓말 때문이 아니라 늘 상상하던 것을 말하는 순간 마치 실제로 있었던 일 같았기 때문이다. 거울을 보지 않아도 자신의 얼굴이 빨개진 게 느껴졌다.

"리사 넌?"

사토코는 말을 돌렸다. 거짓말이지만 부끄러워서 더는 이야기할 수가 없었다.

"나?"

사실 리사에게 좋아하는 사람이 있는지 없는지는 별로 궁금하지 않았다.

"좋아하는 사람 있니? 꼭 우리 반이 아니어도, 학교나 다른 데 말이야. 있어?"

그러자 리사가 시큰둥하게 대답했다.

"글쎄."

리사의 목소리가 갑자기 바뀌었다. 방금 전까지 흥미진진하게 사토코가 들려주는 이야기를 듣던 리사와는 사뭇 달랐다.

"뭐 상관없잖아, 그런 거."

화난 듯한 목소리였다.

사토코는 방금 전까지 부풀어 올랐던 기분이 갑자기 움츠러들어 현실로 되돌아왔다.

이내 리사가 자리를 떴고 사토코는 다시 혼자 남겨졌다. 사토코는 멍하니 리사의 뒷모습을 바라보았다.

무리할 거 없어

며칠 뒤 수업이 끝나자 사무실 직원 사와구치 언니가 교실로 들어와 얼마 전에 치른 모의고사 성적표를 나눠 주었다.

성적표를 본 순간 사토코는 눈을 의심했다. 심호흡을 하고 다시 한 번 확인했다. 믿을 수 없었다. 성적이 뚝 떨어졌다. 그것도 네 과목 모두 울보 마크가 찍혀 있었다.

성적표에는 지난 번 시험에 견주어 성적이 올라가면 스마일 마크가 찍힌다. 사토코는 지금까지 늘 스마일 마크만 받았다. 울보 마크는 처음이었다. 그리고 학원에서 써 준 의견란에는 이렇게 적혀 있었다.

'새 학기부터는 B반에서 분발하세요.'

사토코는 충격으로 콧날이 시큰해졌다. 교실만 아니었다면 아마도 울음을 터뜨렸을 것이다. 아무것도 생각할 수 없었고 한동안 일어설 수도 없었다. 리사는 평소와 다름없이 잽싸게 집으로 돌아갔고 기리시마는 늘 몰려다니는 무리와 교무실로 향했다.

교실에 혼자 남아 있던 사토코는 청소하는 아주머니가 들어오자 그제야 일어났다. 교무실 옆을 지나가는데 기리시마 무리가 도미나가 선생님과 야스이 선생님을 둘러싸고 뭐가 그렇게 재미있는지 신 나게 떠들어 대고 있었다.

사토코는 그 모습을 곁눈질하며 학원을 나왔다. 밖은 어느새 비가 내리고 있었다. 사토코는 우산이 없었지만 뛰어갈 기운도 없어 비를 맞으며 도넛 가게로 향했다. 터벅터벅 걸어가면서 이렇게 중요한 시기에 성적이 떨어진 자신이 진짜 바보 같다고 생각했다.

'죽자 사자 공부해서 A반에 들어왔는데…….'

이렇게 되면 모든 걸 잃은 거나 마찬가지였다.

사토코는 예상치 못한 B반 배정으로 온몸에 힘이 쑥 빠졌다. 걸어가는데 저도 모르게 눈물이 흘렀다. 볼을 타고 흐른 눈물이 입에 들어가자 엄청 짭조름했다.

도넛 가게에 도착했을 때 사토코는 온몸이 완전히 젖어 있었다. 옥수수 크림수프를 주문해 차가워진 몸을 녹였다. 잠시 뒤 기리시마가 들어왔다. 그리고 사토코를 보자마자 물었다.

"오늘 일기 예보에서 비 온다고 했던가?"

기리시마는 평소와 같은 말투로 말을 건넸다.

"이거 봐. 뛰어왔는데도 꽤 젖었어."

기리시마의 시험 결과는 울보 마크가 아닌 거다.

"나도 이렇게 젖었어."

사토코는 시험 결과에 대해 말을 꺼낼 용기가 없었다. 기리시마의 말에 맞장구치면서 웃을 수밖에 없었다.

"추우니까 나도 수프를 주문해야겠어."

그렇게 말하고 계산대로 가는 기리시마의 등을 보면서 사토코는 생각했다.

'내가 B반이 되면 더는 나와 함께 공부해 주지 않겠지.'

또 눈물이 나오려는 걸 안간힘을 쓰고 참았다. 싱글벙글 웃으며 돌아오는 기리시마와 눈이 마주치자 사토코는 어금니를 꽉 깨물고 미소를 지어 보였다.

여름 방학 특강이 막바지에 다다랐다.

사토코는 계속 시험 결과를 기리시마에게 말하지 못했다. 물론 엄마 아빠에게도 비밀로 하고 있었다.

엄마 아빠는 성적표를 전혀 궁금해하지 않았다.

"학원 선생님이 부모님께 보여 드리라고 해서……."

사토코는 늘 그렇게 말하고 성적표를 보여 줬다.

"대단한데."

엄마는 아주 조용한 목소리로 그렇게 말하곤 했다.

"이야……."

아빠는 감탄사뿐이었고, 칭찬해 준 적은 없었다.

그 때문은 아니지만 사토코는 늘 선수를 쳐서 이렇게 말해 왔다.

"이런 성적표 보고 칭찬하면 안 돼요. 난 이 성적에 만족할 수 없으니까."

사토코에게 아빠는 언젠가 이렇게 말했다.

"무리할 거 없어……."

"무리하는 거 아니라고요!"

사토코는 그 말을 듣고 발끈해서 그만 목소리를 높이고 말았다.

"난 엄마랑은 달라요. 어느 회사에서도 써 주지 않는 엄마랑은 다르다고요!"

사토코는 그렇게 말을 뱉어 버리고 나서 뜨끔했다. 하지만 엄마는 고개를 떨어뜨린 채 잠자코 있었다.

“아, 아무튼 선생님이 이 정도 성적에 만족하면 안 된다고 했어요.”

엄마 아빠는 아무 말도 하지 않았다. 아무리 심한 말을 해도 혼내지 않았다. 그러니까 사토코도 미안하다고 사과할 수 없었다. 미안하다는 말이 언제나 목구멍 안쪽에 턱 걸려 있었다. 자신은 나쁜 아이가 되어 있었다.

사토코는 이런 기억을 떠올리며 이번에는 엄마 아빠에게 성적표를 보여 주지 않기로 마음먹었다. 어차피 반이 바뀐 것도 모를 것이다. 엄마 아빠는 성적에 관심이 없으니까.

문제는 기리시마였다. 기리시마는 새 학기 첫 수업 시간이면 사토코가 A반이 아니라는 사실을 알게 될 것이다. B반에 있는 사토코를 보면 실망할 테고 틀림없이 무시할 것이다.

사토코도 지금까지는 B반으로 떨어진 아이들을 보며 불쌍하다고 생각해 왔다. 그리고 나는 절대로 저렇게 되지 않겠다고 다짐했다. B반에, 더구나 외톨이로 앉아 있는 자신의 모습을 상상하니 더욱더 비참했다. 어느 회사에서도 써 주지 않는 엄마처럼 가엾게 느껴졌다.

사토코는 다른 생각을 해 보려고 안간힘을 쏟았다. 기리시마와 함께 스티커 사진을 찍는 상상이라든가 놀이공원에서 노는 장면이라든가 중학생이 된 둘이 역에서 만나는 장면…….
최대한 즐거운 상상으로 언짢은 기분을 꾹꾹 억누르고 싶었다.

하지만 아무리 애써 봐도 B반으로 떨어지고 나서 기리시마와 즐겁게 이야기하는 장면은 상상할 수 없었다. 함께 스티커 사진을 찍을 수도, 놀이공원에 갈 수도 없을 것 같았다.

사토코는 어떻게 하면 좋을지 도무지 알 수가 없었다.

마지막 기회

여름 방학 특강 마지막 날, 수업이 끝나자 선생님들이 주스와 쿠키를 나눠 주었다. 해마다 여름 방학 특강 마지막 날은 선생님들이 학생들을 위해 노래를 부르거나 짤막한 연극을 하거나 마술을 보여 주는 종강 파티가 열린다.

리사는 수업이 끝나자 종강 파티에는 흥미 없다며 잽싸게 집에 가 버렸다. 사토코도 그런 리사를 잡지 않았다.

결국 사토코는 리사에게 아무것도 알아내지 못했다. 하지만 B반으로 떨어져 버린 지금 리사에게 도미나가 선생님 비밀을 들어 봐야 소용없는 일이었다.

계획 같은 건 이제 쓸모없다고 생각한 순간 리사에 대한 관심도 없어져 버렸다. 그래서 특별한 작별 인사도 없이 2학기에도 학원을 계속 다닐 건지 묻지도 않고, 교실을 나가는 리사의 뒷모습을 지켜보기만 했다.

그날 야스이 선생님은 새로운 성대모사에 도전했고, 나카자와 선생님은 하늘하늘한 분홍색 치마를 입고 젊은 여자 가수 그룹 노래를 불렀다. 도미나가 선생님은 새빨간 드레스를 입고 플라멩코라는 춤을 추었다. 춤이 끝나자 여자아이들은 도미나가 선생님에게 뛰어가 의상을 만져 보기도 하고 함께 사진을 찍기도 했다.

마지막 순서로 학원 원장님이 나와 한마디를 했다.

"여러분, 올 여름에 열심히 노력한 만큼 반드시 실력이 올랐을 거예요. 그러니까 자신을 믿고 포기하지 마세요."

사토코는 총알이 가슴을 뚫고 지나간 듯 아팠다. 입술을 꼭 깨물고 가까스로 눈물을 참았다.

종강 파티가 끝나고 사토코는 전과 다름없이 도넛 가게로 향했다. 기리시마와 함께 도넛을 먹는 것도 오늘이 마지막일지 모른다고 생각하자 발걸음이 무거웠다. 도넛 가게에 도착하자 사토코는 초콜릿 도넛과 아이스티를 주문했다. 평소처럼 눈을 감고 기리시마의 발소리를 알아맞히고 싶은 기분은 나지 않았다. 멍하니 도넛을 바라보고 있는데 기리시마가 왔다.

"앗, 오늘은 초콜릿 도넛이네. 나도 그걸로 시켜야지."

기리시마의 목소리는 여전히 밝았다. 그러고는 사토코 옆자리에 가방을 놓고 계산대로 갔다. 평소처럼 둘이서 복습을 마치고 해피 노트를 꺼냈다.

"해피 노트도 오늘이 마지막이네. 내가 한자에 좀 자신이 붙은 건가? 저번 모의고사 때 한 개도 안 틀렸거든."

"나도 사회 성적이 올랐어."

사토코는 기리시마에게 맞춰 주기 위해 생글생글 웃으며 말했다. 그러고는 기리시마의 해피 노트는 사토코가, 사토코의 해피 노트는 기리시마가 가지고 돌아가기로 했다.

"서로 바꿔 가지고 가야 기념이 되잖아. 이 공책을 볼 때마다 사토코도 열심히 공부하고 있으니까 나도 열심히 공부해야지 하는 마음이 들 거야."

"나도 이 공책을 보면서 열심히 할게."

기리시마의 말에 사토코도 대답했다. 거짓말은 술술 나오는데 진짜 속마음은 한 마디도 하지 못했다.

오늘 사토코는 기리시마에게 말하려고 마음먹고 왔다. 나는 B반으로 내려갔지만 앞으로도 함께 공부하자고 말해 볼 생각이었다. 말할 기회는 오늘뿐이었다. 하지만 결국 말을 꺼내지 못한 채 도넛 가게를 나왔다.

가게 앞에서 헤어질 때 어쩐 일인지 기리시마가 사토코에게 손을 내밀었다. 평소와 다른 기리시마의 행동에 놀라면서 사토코도 슬그머니 손을 내밀었다. 기리시마가 사토코의 손을 꽉 쥐었다.

"열심히 하자."

사토코는 가슴이 따끔따끔 아팠다.

"열심히 하자고."

기리시마는 사토코의 손을 꽉 잡고 몇 번이나 말했다. 하지만 사토코는 대답할 수 없었다. 솔직하게 말하지 못했다.

"그럼, 안녕."

기리시마가 나직이 손을 들었다.

"그래, 잘 가."

사토코도 여느 때처럼 손을 흔들었다.

기리시마가 등을 돌리고 걷기 시작했지만 사토코는 평소처럼 지켜보고만 있었다. 사토코는 크게 한숨을 내쉬고는 어쩔 수 없이 걸음을 내딛었다. 기리시마가 잡았던 손이 저린 듯 찌릿찌릿했다. 사토코는 그 손을 바라보았다.

기리시마와 악수한 것은 처음이었다. 기리시마의 손은 차가웠고, 거칠었고, 생각보다 큼직했다. 상상했던 기리시마의 손과는 달랐다. 상상 속에서는 사토코의 손보다 따뜻하고 부드러웠다.

'상상이란 믿을 게 못 되는구나…….'

그렇게 생각한 순간 사토코는 우뚝 멈춰 섰다.

상상 속 기리시마는 B반으로 떨어진 자신을 무시했지만 현실에서는 그렇지 않을지도 모른다. B반이라 해도 변함없이 친하게 지낼 수 있을지도 모른다는 생각이 들었다.

사토코는 기리시마와 맞잡았던 손을 바라보고 크게 심호흡했다. 그리고 빙글 돌아 기리시마가 걸어간 쪽을 향해 걸어갔다. 찌릿찌릿 저린 손이 사토코에게 용기를 주었다. 사토코는 망설이지 않고 뛰기 시작했다. 기리시마가 보였다. 기리시마에게 차츰 가까워졌다.

"기리시마!"

사토코는 기리시마의 팔을 잡았다. 기리시마는 팔을 조금 움찔하더니 몸을 천천히 돌렸다.

기리시마의 얼굴을 보고 놀란 것은 오히려 사토코였다. 기리시마는 눈가가 젖어 있었고 몹시 슬픈 얼굴을 하고 있었다. 그 모습을 본 사토코는 잠시 할 말을 잃었다.

"저……."

둘은 잠시 그 상태로 굳었다.

사람들이 두 사람 곁을 스쳐갔다. 경쟁하듯 울어 대는 매미 소리가 무성한 가로수 이파리 사이로 쏟아져 내렸다.

먼저 시선을 돌린 건 기리시마였다. 기리시마는 둘의 그림자가 뻗어 있는 땅바닥을 보았다. 사토코는 그 모습을 보자 마음이 약해지고 말았다.

"저……."

사토코는 자신이 잡고 있는 기리시마의 팔을 보며 말했다. 지금 의지할 것이라고는 그것밖에 없었다.

"이제 여름 방학도 끝났고……."

사토코는 자신이 지금 무슨 말을 하고 있는지 종잡을 수가 없었다. 그런데 입에서 나온 말은…….

"오락실에라도 갈까?"

사토코는 얼굴이 화끈 달아오르는 것이 느껴졌다. 그건 사토코가 줄곧 바라던 일이었기 때문이다. 사토코는 아주 빠르게 기리시마의 낯빛을 살폈다. 기리시마는 사토코에게서 시선을 돌린 채 뭔가 생각하는 것 같았다.

"우리 올여름 추억이라곤 공부한 거밖에 없잖아."

사토코는 다시 기리시마의 팔을 보며 애써 밝은 목소리로 변명하듯 말했다.

"응……."

드디어 기리시마가 말했다.

"마지막에라도 좀 놀자고. 나 재미있는 데 알고 있어."

사토코는 애써 밝은 목소리로 말했다.

"가자, 응?"

사토코는 기리시마의 팔을 잡은 채 걷기 시작했다. 기리시마가 대답할 때까지 기다릴 수 없었다. 차마 얼굴을 볼 수도 없었다. 그래서 그대로 팔을 잡아당기듯 걸어갔다.

기리시마는 잠자코 사토코를 따라왔다. 사토코는 기리시마를 데리고 그토록 같이 가고 싶었던 오락실로 향했다.

기리시마의 뒷모습

"나 요즘 저 인형 뽑기 게임에 재미 붙였거든."

사토코는 처음 오는 오락실이었지만 기리시마에게 거짓말했다. 사토코가 가리킨 그 인형 뽑기 게임기 안에는 세서미 스트리트(어린이를 위한 미국 방송 프로그램) 캐릭터들이 가득 채워져 있었다.

"나 이거 모으고 있어. 엘모랑 쿠키 몬스터는 갖고 있고."

사토코는 살그머니 기리시마의 팔을 놓고 미소를 지어 보이며 말했다.

"오늘은 꼭 빅버드를 잡고 말 거야."

하지만 기리시마는 사토코가 하는 말을 제대로 듣지 않았다. 이 오락실에 들어온 뒤로 줄곧 두리번두리번 주위를 살피느라 바빴다.

"이거 하자, 응?"

사토코가 애원하다시피 말해도 기리시마는 대답이 없었다. 여전히 주위만 살피고 있었다.

"아니면 다른 게임 할까?"

사토코는 울고 싶었지만 꾹 참았다. 마침내 사토코의 눈가에 눈물이 고이기 시작했을 때 기리시마가 입을 열었다.

"좋아. 이거 하자."

기리시마가 겨우 평소처럼 웃는 얼굴을 되찾았다.

"엘모는 갖고 있댔지?"

기리시마의 웃는 얼굴을 본 순간 울고 싶었던 사토코는 금세 마음이 밝아졌다.

"갖고 싶은 게 뭐랬지?"

기리시마는 재빨리 캐릭터 인형들을 확인했다. 사토코는 흐르는 눈물을 훔치고 말했다.

"빅버드……."

"그럼 잡아 볼까!"

기리시마는 지갑에서 동전을 꺼내며 말했다.

"오호, 저 빅버드 쉽게 잡을 수 있을 것 같은데. 근데 먼저 엘모를 치우고 나서 잡아야겠어."

기리시마는 여러 방향에서 들여다보며 작전을 짰다.

"응, 나도 같은 생각이었어."

사실 인형 뽑기 게임을 처음하는 사토코는 그것이 어떤 작전인지 잘 알지 못했다. 사토코는 인형 뽑기 통 안에 있는 크레인이 어떻게 움직이는지 집중하는 척하면서 기리시마의 모습을 훔쳐보았다. 게임에 몰두하는 기리시마. 사토코가 처음 보는 모습이었다. 조작 단추를 누르는 손놀림이 굉장히 익숙해 보였다. 그건 기리시마가 이런 곳에 자주 놀러 온다는 증거여서 사토코는 기분이 씁쓸해졌다.

기리시마와 함께 오락실에 오는 장면을 얼마나 많이 상상했던가. 그러나 벼르고 별러서 함께 오락실에 왔는데도 사토코는 서글펐다.

"아, 조금만 더!"

하지만 기리시마는 사토코의 기분을 알아차리지 못하고 오로지 게임에 집중했다. 그리고 딱 세 번 만에 빅버드를 잡는데 성공했다. 기리시마는 뿌듯한 듯 게임기에서 나온 빅버드를 사토코에게 내밀었다.

"고마워."

사토코는 좋아하는 기리시마가 준 빅버드를 손에 들었지만 웃을 수가 없었다. 사토코는 게임에 든 돈을 지갑에서 꺼내 기리시마에게 건넸다. 기리시마는 조금 놀라더니 고맙다고 말했다. 그리고 사토코가 건넨 동전을 손바닥에 올려놓고 뭔가 생각하는 듯했다.

사토코는 기리시마와 함께 게임을 즐겨도 문제는 아무것도 해결되지 않는다는 생각이 들었다. 앞으로도 계속 기리시마와 함께 있고 싶지만 B반으로 간 사실을 솔직히 말하지 않으면…….

사토코는 손에 들고 있던 빅버드를 꽉 쥐고 크게 숨을 들이마셨다. 그때 기리시마 어깨 너머로 낯익은 얼굴들이 보였다. 바로 기리시마와 친하게 지내는 사토친 무리였다. 아이스크림을 먹으면서 게임기를 이것저것 들여다보고 있었다.

"앗, 새로 나온 거잖아. 나 이거 할래!"

분홍색 민소매 셔츠를 입은 여자아이가 스누피 인형 뽑기 게임기 앞에서 소리쳤다. 기리시마가 화들짝 놀랐다.

"미쓰오! 이거 나랑 한번 붙어 보자!"

사토친이 레이싱 카트 게임기 앞에서 무리 중 한 명에게 말했다.

'기리시마가 저 친구들한테 나를 소개해 줄지도 몰라.'

사토코는 혹시 모를 기대감에 부풀었다.

하지만 기리시마는 몸을 구부리고 그 아이들이 볼 수 없는 위치로 살금살금 이동했다. 늘 함께 다니는 친구들이 바로 앞에 있는데도 몹시 겁먹은 얼굴이었다.

"기리시마?"

사토코는 이해할 수 없는 기리시마의 행동 때문에 당황스러웠다.

"저 애들 너랑 같이 다니는 무리지? 난 쟤들이랑 함께 놀아도 괜찮은데."

사토코는 자존심을 내팽개치고 말했다. 이런 기회는 없으니까. 기리시마 무리에 들어갈 수 있는 아주 좋은 기회였다. B반으로 떨어진 건 다음에 말해도 된다.

"난 괜찮아. 아마 쟤들이랑 친하게 놀 수 있을 거야."

사토코는 씩씩하게 말했다. 하지만 기리시마는 잔뜩 겁먹은 얼굴을 하고 있을 뿐 아무런 대답도 하지 않았다.

"왜 그래?"

사토코는 움츠리고 있는 기리시마를 뚫어지게 쳐다보았다.

그러자 기리시마는 불쑥 "사토코, 미안……."이라고 말하며 살금살금 오락실을 나가 버렸다.

남겨진 사토코는 그저 멍하니 기리시마의 뒷모습만 바라볼 뿐이었다. 뭐가 어떻게 된 건지 알 수가 없었다. 머릿속이 새하얘졌다.

"에잇, 조금만 더 하면 잡았는데."

아까 그 분홍색 민소매 셔츠를 입은 여자아이가 게임기를 두드리며 아쉬워했다.

사토코도 살금살금 오락실을 나왔다. 밖으로 나온 순간 눈부신 햇살이 피부를 콕콕 찔렀다. 사토코는 방금 기리시마가 보여 준 행동을 도대체 어떻게 받아들여야 할지 알 수 없었다. 겨우겨우 발걸음을 떼 조금 전 기리시마와 걸어왔던 길을 되돌아갔다.

기리시마는 사토코를 남겨 두고 혼자서 가 버렸다.

사토코는 서서히 현실을 받아들였다. 괴로운 현실이었다. 괴로운 현실.

사토코는 걸으면서 천천히 자신에게 들려주었다.

'기리시마는 그 아이들에게 나와 함께 있는 걸 보이고 싶지 않은 거야. 나하고 같은 무리에 있고 싶지 않은 거야.'

양산을 쓴 아주머니가 사토코를 살짝 치고 지나갔다. 그러자 사토코의 손에서 빅버드가 미끄러져 떨어졌다. 아주머니는 모른 척 지나가 버렸다.

사토코는 멈춰 서서 길바닥에 떨어져 엎어진 빅버드를 내려다보았다. 그 모습이 사토코를 남겨 두고 간 기리시마의 뒷모습과 겹쳐 보였다.

"기리시마한테 넌 친구들에게 보여 주기 창피한 여자아이야. 같은 A반이고, 함께 공부하는 게 편해서 같이 있었던 것뿐이지. 그러니까 도미나가 선생님하고 친해져서 기리시마 무리에 들어가려던 계획은 물거품이 된 거라고."

빅버드의 등이 사토코에게 그렇게 말하는 것 같았다.

사토코는 순순히 그 말이 옳다고 받아들이며 길바닥에 떨어진 빅버드를 그대로 둔 채 걷기 시작했다.

엄마의 새 직장

다음 날, 사토코가 일어나 시계를 보니 이미 오전 11시가 지나 있었다. 계산해 보니 평소보다 네 시간이나 늦게 일어난 것이었다.

하지만 개학은 앞으로 일주일이나 남았고 오늘은 학원 수업도 없는 날이었다. 그렇다고 사토코는 일찍 일어나 공부하고 싶은 생각도 없었기 때문에 평소보다 늦게 일어난 걸 후회하지는 않았다.

좀 더 잘까 하는 생각도 들었지만 잠이 깬 순간 어제 일이 되살아나 다시 잠이 오지 않았다. 방에서 뒹굴고 있어도 마음이 편치 않았다.

사토코는 하는 수 없이 느릿느릿 일어나 방을 나왔다. 엄마는 외출했는지 집 안은 쥐죽은 듯 조용했다. 부엌에 들어가자 식탁 위에 쪽지가 있었다.

사토코 보렴
엄마는 오늘부터 출근해.
아침밥 차려 놓았으니까 먹어.
점심은 냉장고에 넣어 뒀으니까 전자레인지로 데워 먹고.

사토코는 식탁에 차려 놓은 주먹밥을 손에 든 채 편지를 계속 읽었다.

혹시 시간이 있으면 응원하러 와.
엄마가 오늘부터 일할 곳은 역 앞 백화점 지하에 있는 식품 판매장이야.
그럼 열심히 하고 올게.

쪽지를 다 읽은 사토코는 냉장고에서 우롱차 페트병을 꺼냈다. 컵에 따라 벌컥벌컥 마시자 차가운 우롱차가 목을 타고 위로 흘러내려 갔다.

잠시 후 쪽지를 처음부터 다시 읽어 봤다. 몇 번을 다시 읽어도 '엄마가 오늘부터 일할 곳은 역 앞 백화점 지하에 있는 식품 판매장이야.'라고 적혀 있었다.

사토코는 얼굴을 찡그렸다. 엄마는 여태껏 컴퓨터를 쓰며 일하는 사무직을 찾아왔다.

"성취감을 느낄 수 있는 일이면 좋겠어. 내 자신이 성장할 수 있는 일을 하고 싶거든."

사토코는 엄마가 친구와 통화하며 말하는 것을 들은 적이 있다.

'그런데 백화점 지하 식품 판매장이라고? 그런 데서 무슨 일을 한다는 거지?'

사토코는 엄마가 무슨 일을 하는지 보고 싶었다. 엄마가 어떤 일을 구했는지 궁금했다. 그래서 후다닥 준비를 마치고 집을 나와 백화점으로 향했다.

역 앞 백화점은 올 여름에 리사와 지겨울 정도로 드나들던 곳이다. 지하 식품 판매장이라면 어디에 어떤 코너가 있는지 훤히 꿰고 있다. 채소, 유제품, 지방 특산물, 반찬, 과자, 정육 · 생선 판매장.

오늘도 여기저기서 시식 판매를 하고 있었다. 하얀 앞치마에 삼각 두건 차림을 한 아줌마들이 지나가는 사람들에게 웃는 얼굴로 불고기며 채소 주스, 요구르트, 어묵 등을 권하고 있었다.

오늘은 사토코 혼자였기 때문에 바로 앞에서 권해도 손을 내밀지 않았다. 살 마음도 없으면서 먹어 본다는 게 사토코는 편치 않았던 것이다.

엄마가 하는 일이 뭔지 상상할 수 없었던 사토코는 모든 판매장을 샅샅이 뒤지고 다녔다. 정육 · 생선 판매장 안쪽에 있는 작업장과 케이크 장식을 하는 제과점 계산대 안쪽도 들여다봤다.

주류 판매장 앞을 지나갈 때였다.

"새로 나온 흑맥주 어떠세요? 한번 시음해 보세요!"

귀에 익은 목소리였다.

"지금 구입하시는 모든 분들께 맥주잔을 드립니다!"

억지로 크게 소리치다 보니 완전히 갈라진 목소리였다.

사토코는 팔다리에 소름이 돋고 저절로 발걸음이 멈췄다. 엄마 목소리가 아니길 바랐다. 엄마가 이런 일을 선택했을 리 없다. 사토코가 아는 한 크게 소리 지르는 일은 엄마에게 맞지 않다. 그건 엄마가 가장 잘 알고 있을 것이다.

초등학교 2학년 발표회 때였다.

엄마들이 발표회에서 그림 연극을 하겠다고 나선 것까지는 좋았다. 하지만 막상 시작되자 사토코 엄마 목소리는 전혀 들리지 않았다.

"좀 더 큰 소리로 말해 주세요."

선생님이 엄마에게 말했다.

엄마는 얼굴이 새빨개진 채 목청을 한껏 높였다. 그러자 목소리가 갈라져 괴상한 소리가 되고 말았다. 반 아이들 모두 배꼽을 쥐고 웃었다. 그림 연극은 슬픈 이야기였지만 엄마가 목소리를 낼 때마다 교실은 웃음바다가 되었다.

그때 사토코는 창피해서 쥐구멍에라도 숨고 싶은 심정이었다. 집에 돌아가 마구 화를 내며 울었던 기억이 되살아났다.

"어서 오세요! 시음해 보세요!"

하지만 그 목소리는 어떻게 들어도 엄마 목소리였다.

사토코는 살그머니 주류 판매장 안으로 들어갔다. 그리고 엄마 목소리가 나는 판매장 쪽을 보았다.

하얀 앞치마에 삼각 두건. 최대한 얼굴에 웃음을 띠고 종이컵을 내미는 그 목소리의 주인공은 사토코가 예상했던 대로 엄마였다.

엄마는 지나가는 사람들에게 웃는 얼굴로 종이컵을 내밀었다. 대개는 무시하고 지나가 버리던가 손사래를 치며 거절했다. 그때마다 엄마 얼굴이 일그러졌다.

사토코는 엄마에게서 시선을 돌렸다. 보고 싶지 않았다.

"산조 씨! 목소리가 답답하잖아요!"

백화점 유니폼을 입은 젊은 여자가 엄마에게 호통쳤다.

"제대로 좀 하세요. 전에 일했던 분은 엄청 팔았습니다!"

젊은 여자는 팔짱을 낀 채 어이없다는 얼굴로 엄마를 보며 말했다.

"죄송합니다."

엄마가 쭈뼛쭈뼛 그 젊은 여자에게 고개를 숙였다. 그리고 고개를 번쩍 들더니 다시 웃는 얼굴로 외치기 시작했다.

"새로 나온……."

목소리가 갈라지다 못해 도중에 말이 끊기고 말았다. 그때 수염이 텁수룩한 할아버지가 종이컵으로 손을 뻗었다.

"아, 드셔 보세요!"

엄마는 할아버지를 보고 정신없이 말했다.

사토코는 더 보고 있을 수 없었다. B반이 된 자신과 사무직을 포기한 엄마가 똑같아 보여서 괴로웠다.

사토코는 그 자리를 떠났다. 늘 타고 다니던 에스컬레이터를 타고 백화점을 나왔다. 느닷없이 세차게 몰아친 바람에 몸이 휘청하며 날아갈 것 같았다. 바람이 머리카락을 마구 헝클어 놓아 얼굴을 가렸다. 하지만 지금 사토코는 차라리 그게 마음 편했다.

지금 자신이 어떤 얼굴일지 안 봐도 뻔하니까. 몹시 성난 얼굴을 하고 있다는 건 거울을 보지 않아도 알 수 있으니까. 사토코는 바람이 엉망으로 헝클어 놓은 머리카락에 성난 얼굴을 숨기고 집으로 향했다.

아파! 아프다고!

“엄마, 왜 거기서 일해요?”

그날 밤에 사토코는 아빠가 회사에서 돌아오기를 기다렸다가 엄마에게 따지고 들었다.

“그런 일은 엄마한테 어울리지 않는다고 생각해요.”

굳이 아빠 앞에서 말을 꺼낸 이유가 있었다. 아빠가 딱 잘라 반대해 주기를 바랐기 때문이다.

“그리고 내 친구가 엄마 일하는 거 보는 것도 싫다고요.”

백화점 지하 식품 판매장은 리사가 즐겨 찾는 곳이다. 앞으로 리사와 함께 갈 일은 없겠지만 엄마가 거기서 일하고 있으면 난처하다. 굉장히 곤란하다.

“거기서 일하는 거 그만둬요.”

부엌에서 늦은 저녁을 먹던 아빠는 젓가락을 내려놓고 사토코가 하는 이야기를 듣고 있었다. 그 옆에서 커피를 마시던 엄마는 커피 잔만 뚫어져라 보았다.

"그만둘 거죠?"

거실에서 텔레비전 소리가 들렸다. 누군가 피아노 반주에 맞춰 조용히 노래를 하고 있었다. 사토코는 그 소리를 들으면서 엄마가 대답하기를 기다렸다.

"아니."

알았다는 대답을 들을 줄 알았던 사토코는 놀랐다.

"어렵게 시작한 일이야. 내가 하고 싶은 일이기도 하고."

엄마는 고개를 들고 사토코를 보았다. 평소 엄마와 뭔가 달랐다. 똑바로 사토코를 쳐다본 채 눈을 피하지 않았다.

"아빠, 아빠도 싫죠? 소리도 크게 못 내는 엄마한테 그런 일을 시키고 싶지 않죠?"

여기에서 아빠가 "그래. 당신, 무리하지 않는 게 좋겠어."라고 말해 준다면 더 바랄 게 없었다. 그럼 엄마도 다시 생각할 것이다. 하지만 아빠는 이렇게 말했다.

"그렇지 않아. 엄마가 하고 싶은 일이니까 괜찮을 거야."

사토코는 너무 놀라서 곧바로 말이 나오지 않았다. 그리고 아빠는 어쩌면 그렇게도 가족에게 관심이 없나 싶어서 기가 막혔다. 사토코가 성적이 좋든 나쁘든 상관하지 않는 것처럼 엄마가 어떤 일을 하든지 아빠는 상관없었다.

'아빠가 함께 설득해 주기를 바라며 집에 올 때까지 기다린 내 잘못이지.'

사토코는 작전을 바꿨다.

"엄마는 컴퓨터로 할 수 있는 일을 찾고 있다고 했잖아요. 엄마가 성장할 수 있는 일을 하고 싶다면서요. 백화점 식품 판매장 일은 엄마가 하고 싶은 일이 아니잖아요."

사토코는 눈을 피하지 않는 엄마를 노려보며 말했다.

"그렇지 않아. 내가 못 하는 일을 해 보기로 했어. 피하지 않고 할 수 있어야 한다고 생각했거든."

사토코는 할 말을 잃었다.

"엄마는 충분히 성장할 수 있을 거야."

엄마는 말을 멈추지 않았다.

"변하고 싶거든. 사토코, 엄마는 변하고 싶어."

말을 마친 엄마는 수줍은 듯 미소 지었다.

"싫어……."

사토코는 자기 스스로도 무슨 말을 하고 있는지 알 수가 없었다. 변화된 엄마의 모습에 제정신이 아니었다.

"왜요?"

사토코가 물었지만 엄마는 평소처럼 조용했다.

"왜 꼭 그런 일을 해야 되냐고요! 자식이 싫어하니까 그만두라고요!"

사토코는 떼쓰는 어린아이 수준으로만 말하는 자신에게 울컥울컥 화가 치밀었다.

"그만두라고!"

갈라진 목소리로 악을 쓰고 있는 자신이 얼마나 싫던지 울고 싶었다.

"그만두란 말이야!"

사토코가 계속해서 악을 쓰자 아빠가 일어나 천천히 사토코에게 다가왔다.

"사토코, 왜 이러니? 왜 이렇게 화를 내고 그래?"

아빠는 사토코 어깨에 손을 얹고 타일렀다.

사토코는 아빠의 다정한 목소리를 듣자 스르르 긴장이 풀려버렸다.

"이 녀석, 너답지 않게 왜 그래."

아빠가 사토코 머리를 주먹으로 콩 쥐어박았다. 사토코는 발끈해서 아빠를 노려보았다. 그리고 아빠의 주먹이 닿았던 곳을 두 손으로 감싸 쥐고 바락바락 소리를 질렀다.

"아야!"

그렇게 소리친 순간 봇물이 터진 듯 눈물이 쏟아졌다.

"아야! 아파! 아프다고!"

사실은 조금도 아프지 않았지만 사토코는 머리를 감싸 쥔 채 웅크리고 앉았다.

"아파! 아파! 아프다고!"

거짓 울음은 아니었다. 사토코는 아팠다. 하지만 아픈 것은 머리가 아니라…….

사토코는 울면서 자신의 여러 가지 모습을 떠올렸다.

학교에서 열심히 친구들 비위를 맞추는 모습.

아무리 좋은 성적을 받아도 칭찬받지 못하는 모습.

학원에서 혼자 다니면서 태연한 척하는 모습.

기리시마에게 친구들을 소개받지 못하는 모습.

리사를 따라 매일같이 덮밥집에 다닌 모습.

그 모든 것이 처량하고 힘들고 아팠다. 정말 오래전부터 아팠다.

학교에서 따돌림을 당하는 것도 아니다. 아빠도 엄마도 잘해 준다. 공부도 잘하는 편이고 크게 아픈 데도 없다. 그래서 불만 같은 게 있을 리 없고 불평을 해서도 안 된다고 생각했다. 하지만 물속에서 멋지게 자유형을 할 수 없을 때처럼 고통스러웠다. 제대로 헤엄칠 수가 없었다. 기분 좋게 헤엄칠 수가 없었다.

"어…… 괜찮니? 아팠어?"

옆에서 쩔쩔매는 아빠 목소리가 들렸다.

"아야! 아프다고! 아프단 말이야!"

사토코는 온몸으로 울부짖었다.

"여보, 어떡하지……."

아빠의 당황한 목소리가 들렸다.

"괜찮을 거예요. 많이 아픈 건 아니지?"

옆에서 엄마 목소리도 들렸다. 엄마는 사토코의 손을 잡고 머리를 쓰다듬어 주었다.

"괜찮아, 괜찮아."

그렇게 엄마가 쓰다듬어 주자 저도 모르게 몸이 움직였다. 사토코는 엄마 목에 팔을 두르고 매달렸다. 오랜만에 맡는 엄마 체취가 반가웠다. 그러자 서러움이 북받쳤다. 사토코는 더 엉엉거리며 울어 댔다.

엄마 손이 사토코 머리를 타고 등으로 내려가 어린아이를 달래듯 토닥토닥 두드리고 있었다.

'꼭 나오 같아.'

사토코는 엄마가 등을 토닥거려 주니 자신이 아빠와 엄마가 애지중지 아껴 주는 공주님이 된 것 같았다. 그것을 부끄럽게 여기면서도 사토코는 엄마에게서 떨어지지 못했다.

사토코는 오랜 시간 동안 울음을 그치지 않았다. 엄마는 옆에서 어쩔 줄 몰라 하고 있는 아빠에게 "괜찮아요."라고 말하면서 하염없이 사토코의 등을 가만가만 토닥여 주었다.

어떻게 사과하면 좋지?

다음 날 아침, 사토코는 잠이 깼지만 엄마 아빠 얼굴을 마주 보는 게 서먹했다. 그래서 침대에 누워 뒹굴거리며 일어나지 않았다. 엄마가 일을 나가기 전에 사토코의 방문을 노크했다.

사토코는 황급히 눈을 감았다. 엄마가 살짝 방문을 열고 평소처럼 조용한 목소리로 말했다.

"엄마, 일하고 올게. 밥은 냉장고에 있어."

사토코는 대답하지 않고 자는 척했다.

"열심히 하고 올게."

엄마는 계속해서 말했다.

"네가 싫어하는 건 알지만 이건 엄마가 결정한 일이야."

사토코는 듣기 싫었지만 귀를 막을 수도 없었다.

"그럼 갔다 올게."

엄마는 살짝 방문을 닫고 나갔다.

잠시 후 사토코는 현관문 닫히는 소리를 듣고 벌떡 일어났다. 너무 울어서 얼굴이 봐 줄 수 없을 정도라는 건 거울을 보지 않아도 알 수 있었다. 분명히 눈두덩과 얼굴이 퉁퉁 부었을 것이다. 사토코는 찬물로 세수를 하려고 방을 나왔다. 몸이 무거워서 잘 움직여지지 않았다.

세수를 했다. 젖은 얼굴로 쭈뼛쭈뼛 거울을 보니 예상대로 얼굴이 말이 아니었다. 사토코는 진저리가 나서 다시 세수를 했다. 그때 뒤에서 발소리가 났다.

“잘 잤니? 일어났구나.”

깜짝 놀라 고개를 들고 거울을 보니 퉁퉁 부은 사토코의 얼굴 뒤에 아빠의 얼굴이 있었다. 아빠는 사토코의 낯빛을 살피듯 헤실헤실 웃으며 서 있었다. 사토코는 대꾸하지 않고 다시 세수를 시작했다. 출근한 줄 알았던 아빠의 등장에 사토코는 속으로 어쩔 줄 몰랐다.

“어제는 미안했다.”

사토코는 아빠가 하는 말이 들리지 않는 듯 물을 세게 틀어 놓고 계속 세수를 했다.

“폭력은 안 되지. 아이고, 아빠가 참 못났다.”

아빠의 굵직한 목소리는 물소리 정도에 묻히지 않았다.

"음, 그럼…… 아빠, 회사 갔다 올게."

사토코는 발소리로 아빠가 멀어진 것을 확인했다. 바로 뒤따라 현관문이 열리고 닫히는 소리, 열쇠로 문 잠그는 소리가 들렸다.

사토코는 그제야 세수하던 손을 멈췄다. 순간 맥이 풀린 사토코는 얼굴에서 물기도 닦지 않은 채 그 자리에 털썩 주저앉았다.

사토코는 어젯밤에 자신이 그렇게 심한 말을 퍼부어 댔는데도 여느 때처럼 부드러운 엄마와 폭력을 휘두른 것도 아니면서 사과하는 아빠가 참 이상하다고 생각했다.

'아, 나는 언제 어떻게 사과하면 좋지?'

사토코는 어깨를 축 늘어뜨리고 흐느적흐느적 일어났다. 얼굴에서 물기를 닦고 부엌으로 가서 식탁에 있는 채소 주스를 벌컥벌컥 마셨다.

아무것도 하고 싶지 않았다. 텔레비전을 켜 놓고 멍하니 앉아 있었다. 그리고 배가 고파 냉장고에서 엄마가 준비해 둔 밥을 꺼내 전자레인지에 데워 먹었다.

사토코는 하루하루를 그렇게 의욕 없이 보냈다. 공부는 생각하기도 싫었다. 기리시마와 교환한 해피 노트도 가방에 넣어 둔 그대로였다.

여름 방학도 사흘밖에 남지 않은 날, 사토코 앞으로 편지 한 통이 도착했다. 봉투를 뜯어 보니 연극 초대권 한 장과 지도가 들어 있었다. 달랑 그것뿐, 편지도 없었다. 보내는 사람 이름도 적혀 있지 않았다.

제목 : 니시이즈 살인 사건
극본 · 연출 : 도미나가 다마미
출연 : 곤노 히로미, 미즈시마 데쓰로, 사사키 아쓰시,
시노하라 리사

'도미나가 다마미'와 '시노하라 리사'라는 이름 밑에 빨간 줄이 그어져 있었다.

연극은 내일 오후 2시였다.

내가 단짝이라고?

사토코가 기타시모자와 역에 내린 건 처음이었다.

극장은 지도를 보고 바로 찾을 수 있었다.

사토코는 일단 장소만 확인해 두었다.

도미나가 다마미는 아마 도미나가 선생님 필명인 듯했다. 출연자 중에 리사의 이름이 있다는 건 리사가 출연한다는 말일 것이다.

내내 궁금했던 둘의 관계는 그 초대권만으로도 충분히 짐작할 수 있었다. 사토코가 둘의 관계를 알았다 해서 달라질 것은 없었다. 이제 둘의 관계는 아무래도 상관없었다.

사토코는 초대권을 뚫어지게 바라보았다.

'내가 연극을 보길 바라는 건 리사일까, 도미나가 선생님일까? 왜 내게 초대권을 보낸 것일까?'

어쨌든 사토코와는 상관없는 일이었다. 아무래도 상관없는 일. 그런데도 무슨 까닭인지 여기까지 오고 말았다.

'관심이 있어서 온 건 아니거든.'

사토코는 자신에게 그렇게 말했다.

여기까지 온 건, 그냥 심심풀이. 단지 초대권을 보내 줘서 온 것일 뿐. 그것뿐이었다.

사토코는 혼자서 고개를 끄덕이고는 극장 입구로 갔다.

지하로 이어지는 어두컴컴하고 좁은 계단을 내려가자 빨간 머리를 땋아 내린 언니가 이쪽을 올려다보고 있었다.

"어서 오세요. 들어와요."

빨간 머리 언니가 사토코에게 손을 내밀었다. 긴 손톱은 마녀처럼 까맣게 칠하고, 손등에는 커다란 장미가 그려져 있고, 손목에는 징이 잔뜩 박힌 수갑처럼 생긴 팔찌를 차고 있었다. 사토코가 표를 내밀었다.

"아……. 네가 리사 친구니?"

빨간 머리 언니는 사토코를 보며 물었다.

사토코는 우물쭈물 대답을 못하고 고개를 떨구었다. 빨간 머리 언니가 입은 까만 치마에 그려진 커다란 해골이 난감해하는 사토코를 비웃는 것 같았다. 사토코는 극장에 온 걸 후회했다. 시민 회관처럼 밝고 청결하고 떠들썩한 극장일 줄 알았다. 매표소에 있는 사람은 깔끔한 유니폼 차림일 거라고 생각했다.

"이름이 뭐랬더라…… 아, 사토코? 네가 사토코지?"

빨간 머리 언니가 친근하게 말을 걸어왔다. 사토코가 대답하지 않자 마녀 손톱으로 사토코의 어깨를 잡았다.

"사토코, 맞지?"

사토코는 그제야 얼굴을 들고 고개를 끄덕였다. "네."라고 입술을 움직였지만 소리가 입 밖으로 나오지는 않았다.

"그래, 이 표가 바로 너한테 보낸 초대권이거든."

사토코는 어깨를 떠밀려 극장 안으로 들어갔다.

"자리는 말이야, 어디 앉든 상관없지만……."

빨간 머리 언니는 혼자 중얼거리면서 사토코가 앉을 만한 자리를 찾아 주었다. 극장 안도 역시 좁고 어두컴컴했다.

"여기가 좋겠다. 네 자리는 여기야. 이제 조금 있으면 시작할 거야. 여기 앉아서 기다려."

빨간 머리 언니는 사토코를 억지로 자리에 앉히고 입구 쪽으로 되돌아가 버렸다.

사토코는 빨간 머리 언니가 옆에 없는 것만으로도 마음이 놓였다. 도망쳐 버리고 싶은 마음이 굴뚝같았다. 하지만 입구를 지키고 있는 빨간 머리 언니가 순순히 내보내 줄 것 같지 않았다. 사토코는 할 수 없이 연극이 시작되기를 기다리기로 했다. 주위를 둘러보니 객석은 거의 비었다. 조그만 무대에는 소파와 탁자가 놓여 있고, 안쪽에는 난로가 있었다. 오른쪽 끝에 있는 조그만 창문은 눈 내린 풍경으로 장식되어 있었는데 그곳만 덩그러니 조명을 받고 있었다.

"저기, 네가 사토코 맞니?"

사토코가 두리번거리고 있는데 살그머니 누군가 다가왔다. 화들짝 놀라 고개를 돌리자 안경 쓴 아주머니가 사토코를 보고 있었다.

사토코는 아주머니를 올려다본 채 "예." 하고 작게 고개를 끄덕였다. 빨간 머리 언니가 또 온 줄 알고 움찔거렸던 사토코는 평범한 아주머니를 보자 안심이 됐다.

"어머, 맞구나. 학원에서 리사하고 친하게 지내 줘서 고맙구나. 나는 리사 엄마야."

아주머니는 사토코 옆에 앉아 방긋 웃었다.

"리사가 집에서 네 이야기를 참 많이 했거든."

아주머니는 사토코를 만나 무척 반가운 모양이었다. 하지만 사토코는 처음 듣는 이야기를 하는 아주머니 때문에 멍해지고 말았다.

아주머니는 너무나 평범했다. 괴짜인 리사와는 전혀 닮지 않았다. 게다가 아주머니가 말하는 리사와 사토코가 알고 있는 리사는 정말 달랐다.

"우리 리사는 너를 단짝이라고 말하더구나. 뭐든 다 이야기할 수 있는 단짝이라나."

'단짝? 뭐든지 다 이야기할 수 있다고?'

사토코는 미간을 찡그렸다.

"아, 리사는 작년부터 줄곧 학교에 가지 않았잖아. 내내 친구가 없었던 아이라 널 만나서 아주 좋았나 보더라."

'학교에 가지 않아?'

사토코는 하마터면 그렇게 소리칠 뻔했지만 허둥지둥 입을 꽉 다물었다.

"그래서 도미나가 선생님한테 과외를 받아 왔는데 선생님이 여름 방학만이라도 학원에 다녀 보라고 권하셨어."

'도미나가 선생님이 리사 과외 선생님?'

"리사가 처음에는 싫다고 하더니 도미나가 선생님 한마디에 싹 변해서……. 선생님이 학원에 잘 다니면 다음번 연극 때 배역을 주겠다고 약속하셨거든."

아주머니는 거기까지 말하고 흐뭇한 듯이 호호호 웃었다. 그러고는 가방 속에서 손수건을 꺼냈다.

"지금 생각해 봐도 정말이지, 학원에 보내길 잘했어. 우리 리사한테 이렇게 예쁜 친구가 생기다니."

아주머니는 손수건으로 붉어진 눈시울을 꾹꾹 눌렀다. 사토코는 잠자코 그 모습을 보았다. 이윽고 연극 시작을 알리는 종이 울리자 아주머니는 "어머나!" 하고 일어났다.

"정말 미안하구나, 갑작스레. 저…… 앞으로도 우리 리사랑 친하게 지내렴. 오늘 와 줘서 정말 고맙다."

아주머니는 사토코에게 웃는 얼굴로 말했다. 사토코는 "예." 하고 살짝 고개를 끄덕였다.

아주머니가 가자 어두운 객석이 더 깜깜해졌다. 객석은 절반도 차지 않았다. 사토코는 무대만 뚫어지게 바라보았다. 그리고 방금 아주머니가 한 이야기를 곱씹어 보았다.

연극이 끝나고

무대에 나온 사람들은 울부짖거나 피투성이가 되고 웃음을 터뜨리거나 노래했다.

리사가 나온 건 잠깐뿐이었다. 레이스가 풍성한 하얀 원피스 차림에 머리를 양 갈래로 묶고 있었다. 그 모습은 평소 리사와 달리 별장에서 곱게 자란 여자아이처럼 보였다. 혼자서 음식점에 들락거리는 아이로는 보이지 않았다.

사토코는 리사와 잠깐 눈이 마주친 것 같았다. 하지만 별장에 사는 귀한 따님으로 완전히 변신한 리사는 감정을 잔뜩 넣어 대사를 하느라고 사토코가 온 걸 알아차리지 못했다.

사토코는 그런 리사를 보면서 조금 전 아주머니가 했던 말을 떠올렸다. 학교에 다니지 않는다는 것. 자신을 뭐든 이야기할 수 있는 단짝이라고 말했다는 것. 도미나가 선생님에게 개인 과외를 받고 있다는 것.

사토코는 여러 생각으로 가득해서 연극 내용이 머리에 들어오지 않았다.

연극이 끝나고 배우들이 다시 무대에 올라왔을 때 리사는 특별 출연자로 소개되었다. 리사는 드문드문 박수 소리와 함께 스포트라이트를 받자 황홀한 듯 만족스러운 얼굴로 고개 숙여 인사했다.

배우들이 들어가고 객석 조명이 밝아지자 사토코도 자리에서 일어났다. 얼른 극장을 빠져나가고 싶었다.

입구 쪽으로 걸어가는데 이번에는 도미나가 선생님이 기다리다가 사토코를 발견하고 손짓했다. 사토코는 크게 한숨을 쉬었다. 정말 집에 가고 싶었다. 이제는 리사에 대해서도, 도미나가 선생님에 대해서도 관심이 없었다.

"안녕, 올 줄 알았어."

도미나가 선생님이 사토코의 마음도 모른 채 생글생글 웃으며 다가왔다.

"어때, 재밌었니?"

교실에서는 좀처럼 웃지 않는 선생님이 친근하게 사토코에게 말을 걸어왔다.

"좀 어려웠을지도 모르지만 내 작품이야."

도미나가 선생님은 입을 다문 사토코의 어깨를 잡고 당연한 듯이 분장실 쪽으로 데리고 갔다. 입구에서는 배우들이 큰 소리로 인사하거나 악수를 하며 관객들을 배웅하고 있었다.

"호호호. 뭐가 뭔지 모르겠다는 얼굴이네."

도미나가 선생님은 아무 말도 하지 않는 사토코를 보고 그렇게 말했다. 그리고 사토코를 분장실에 있는 의자에 앉히고 주스를 건네며 이야기하기 시작했다.

"연극 초대권은 내가 보냈어. 리사한테는 비밀로 하고. 아까 리사 엄마랑 만났지? 나 학원에서 가르치는 것 말고 리사 과외도 하고 있거든. 리사는 작년부터 등교 거부 중이라 이야기 상대도 돼 주고, 또 우리 극단에 불러서 연습도 시키고 그래. 리사가 낮에 혼자서 거리를 어슬렁거리고 다니길래 그 시간에 다른 사람들과 함께 뭐라도 하면 좋겠다 싶어서."

의상과 소도구가 가득한 분장실에서 사토코는 도미나가 선생님이 건넨 주스 캔을 만지작거리면서 이야기를 들었다.

"여기는 내가 친구랑 함께 운영하는 극단이야. 아직 알려지진 않았지만. 아무튼 그런 이유로 리사를 우리 극단에 데려온 건데 글쎄 며칠 나와 보고는 무대에 서고 싶다는 거야. 그래서 학교에 나가면 시켜 주겠다고 했더니 학교는 안 가겠대. 성격이 제멋대로라서 친구랑 잘 지내지 못하거든. 그래서 여름 방학만이라도 학원에 나오라고 했지. 학원에는 단체 행동이나 친한 무리 그런 거 없다고 설득했어. 그리고 잘 다니면 상으로 무대에 서게 해 주겠다는 조건도 내걸고 말이야."

슬쩍 도미나가 선생님을 보니 학원에서는 쿨한 선생님이 딴 사람처럼 밝은 얼굴로 이야기하고 있었다.

"그런데 학원에서 금세 너랑 친하게 지내길래 얼마나 기뻤는지 몰라. 그런데 또 새 학기부터는 학원에 가지 않겠다지 뭐니. 어렵게 너하고 친구가 됐는데 이유가 뭘까 싶었지. 하지만 리사가 도통 말을 해야지. 그래서 너에게 물어봐야겠다고 생각한 거야. 그래서 초대권도 보낸 거고. 리사가 무대에 오른다는 이야기 못 들었지?"

사토코는 잠자코 고개를 끄덕였다. 마음속으로 '무대 이야기만 못 들은 건 아니지만.'이라고 말하면서.

"그럴 거야. 놀랐지? 편지도 써 보낼까 싶었는데 초대권에 리사 이름이 나와 있으니까 정말로 단짝이라면 꼭 와 줄 거라고 믿고 초대권만 보낸 거야. 와우, 내 판단이 옳았네. 아, 다마미는 내 필명이야. 원장 선생님이 학원에서는 쿨한 도미나가 선생님으로 있어 달라고 부탁하셨거든. 그러니까 내가 연극하는 건 학원 아이들한테 비밀이야.”

도미나가 선생님은 사토코를 보고 한쪽 눈을 찡긋했다. 사토코가 고개를 끄덕이자 선생님은 무척이나 마음이 놓이는 표정이었다.

그때 배우들이 관객들 배웅을 마치고 분장실로 돌아왔다.

“아, 피곤하다!”

아까 무대에서 경찰관 의상을 입고 마구 호통을 치던 남자가 실실 웃으며 말했다.

“그 왜 잠자던 관객 있었지? 엄청 허탈하게 만들더라.”

빨간 드레스를 입은 여자는 가발을 벗자 남자처럼 머리가 짧았다.

“아, 배고파. 누가 도넛 사 온 거 봤는데, 어딨어?”

누구도 사토코가 있는 것을 아랑곳하지 않고 행동했다. 사토코는 무대 위에서와는 사뭇 다른 사람들을 멍하니 바라보고 있었다.

리사가 맨 마지막으로 분장실에 들어왔다.

“다마미 짱! 어떻게 된 거야? 사토코가 왜 여기…….”

리사는 길길이 날뛰며 도미나가 선생님에게 다가갔다.

도중에 말끝을 흐린 건 사토코를 발견했기 때문이었다. 사토코가 잠자코 올려다보자 리사의 굳었던 얼굴은 사토코가 아직도 있는 줄 몰랐다고 말하는 듯했다.

"내가 초대했어."

리사의 마음을 눈치 채지 못한 도미나가 선생님은 웃으며 말했다.

"어머 리사, 왜 그렇게 난리야? 친구가 연극하는 네 모습을 본 게 창피해서 그러니?"

도미나가 선생님은 사토코와 리사 사이에 흐르는 어색한 공기를 감지하지 못했다.

"자, 리사. 상으로 캔 커피다."

그때 경찰관 의상을 입은 배우가 리사에게 캔 커피를 던져 주었다. 리사는 그것을 받아들자마자 픽 소리가 나게 따서 벌컥벌컥 마시기 시작했다.

"아, 진짜! 초등학생한테 커피 좀 주지 말라고!"

도미나가 선생님이 황급히 리사에게서 캔 커피를 낚아챘다. 리사는 사토코를 째려보면서 입을 닦았다. 사토코는 리사 눈초리만으로도 무슨 말을 하고 싶은지 알 수 있었다.

'어디까지 알고 있지? 어디까지 들었냐고? 나한테 뭐 불만이라도 있는 거야?'

그런 리사의 속마음이 들리는 듯했다.

"성장기 애들한테 카페인이 안 좋다고 몇 번을 말했어!"

도미나가 선생님이 리사에게 커피를 건넨 배우에게 빽빽 소리 질렀다. 비좁은 분장실에 많은 사람들이 복닥거렸기 때문에 아무도 사토코와 리사의 곤두선 분위기를 눈치채지 못했다. 배우와 제작진들이 방금 끝난 연극에 대해 즐겁게 이야기하고 있었다. 노래를 부르거나 춤을 추는 사람까지 있었다. 무대는 이미 막을 내렸는데…….

"저 갈게요."

사토코가 일어났다. 경찰관 역할을 한 배우에게 소리 지르던 도미나가 선생님이 놀라 사토코를 보았다.

"사토코, 리사하고 저쪽에서 이야기 나누고 가렴."

도미나가 선생님이 권하자 사토코는 생긋 웃어 보였다.

"다음에 또 만날 거니까 오늘은 이만 돌아갈래요."

사토코의 말에 도미나가 선생님 얼굴이 금세 환해졌다. 그리고 사토코는 리사에게 다가가 말했다.

"또 보자."

리사는 아무런 대꾸도 하지 않았다. 말없이 사토코를 째려보기만 했다. 사토코는 그런 리사를 뒤로 하고 분장실에서 나왔다.

어둡고 좁은 계단을 지나 밖으로 나온 사토코는 붐비는 사람들을 뚫고 역을 향해 걷기 시작했다. 아직 햇볕이 쨍쨍 내리쬐고 있었다. 순간 오늘 일어난 일들이 실제로 일어난 일인지 아리송해졌다. 기분이 이상했다. 사토코는 마음속으로 리사를 잊기로 했다. 간단한 일이라고 생각했다.

그런데 왜일까? 연극이 끝나고 다시 무대 위로 올라와 인사할 때 본 리사의 뿌듯한 얼굴이 시도 때도 없이 머릿속에 떠올랐다. 밥 먹을 때도 텔레비전을 볼 때도 샤워를 할 때도 만화책을 읽을 때도 만족스러워하며 웃던 리사의 얼굴이 불쑥불쑥 생각났다. 무슨 영문인지 그런 리사의 얼굴이 사토코를 무척 설레게 했다.

반년만 참으면 돼

여름 방학 마지막 날.

뜬금없이 세쓰가 사토코에게 전화를 했다.

"할 말이 있는데 좀 만날 수 있을까?"

세쓰가 전화를 한 건 처음이었다.

'할 말이라니, 노리코도 함께 오나? 내일 학교에서 말해도 될 텐데.'

사토코는 그렇게 생각하면서도 순순히 약속 장소인 학교로 갔다. 하늘은 이미 붉은 빛으로 물들기 시작했고 후덥지근한 바람이 불었다.

저 멀리 교문 앞에 홀로 서 있는 세쓰의 모습이 보였다. 교문은 잠겨 있었기 때문에 안으로 들어갈 수 없었다. 노리코는 함께 온 것 같지 않았다.

세쓰는 사토코를 보자 손을 흔들었다. 사토코도 손을 들어 보이고 뛰기 시작했다.

"미안. 공부하느라 바쁘지? 내가 방해한 거 아니야?"

노리코가 전화할 때 하는 대사를 그대로 세쓰가 말하니 이상했다. 그래서 사토코도 평소 노리코에게 하듯 대답했다.

"아냐, 괜찮아. 잠깐 기분 전환이 필요했거든."

그러자 세쓰는 뭐가 우스운지 깔깔대고 웃었다.

"그거 진심이야?"

사토코는 생각도 못했던 세쓰의 반응에 당황했다.

"아니지?"

사토코는 연달아 묻는 세쓰의 말투가 하도 단호해서 곧바로 대답할 수가 없었다.

언제나 자신 없는 듯 느릿느릿 말하던 세쓰가 또랑또랑 이야기하는 것도, 자기 대답이 진심이 아닌 줄 꿰뚫어 보고 있는 것도 놀라웠다.

사토코에게 세쓰는 노리코가 시키는 대로 움직이는 친구였다. 자신과 세쓰는 노리코의 부하들 같은 느낌이었다. 그런 까닭에 단둘이 이야기를 한 적도 거의 없었다.

사토코가 아무 말도 못하고 있자 다시 세쓰가 이야기하기 시작했다.

"나는 거짓이었어."

세쓰는 교문 옆에 있는 돌계단에 앉으면서 말을 이었다.

"실은 나, 이제 일본어 잘해. 발음도 이상하지 않고."

확실히 오늘 세쓰는 어딘가 달랐다. 나오 생일 파티에서 영어로 말할 때처럼 당당했다.

"물론 일본에 온 지 얼마 되지 않았을 때는 많이 서툴렀지. 그래서 노리코한테 도움을 받은 것도 사실이고."

세쓰는 사토코의 눈을 똑바로 보고 말했다.

"하지만 노리코는 지금도 내가 일본어를 이상하게 쓴다고 특별훈련을 시켜 준다잖아. 짜증 나 죽는 줄 알았어."

"너 가끔 이상한 말 썼잖아. 나는 어려움 속에 있다든가, 뭐 그런 식으로."

사토코는 세쓰가 쓰는 이상한 말을 떠올리며 말했다. 그러자 세쓰가 피식 웃으며 말했다.

"일부러 그런 거야. 그렇게 말하면 노리코가 좋아하니까."

사토코는 꼭 자기 이야기를 듣는 기분이었다. 사토코도 노리코를 기쁘게 해 주기 위해서 자주 숙제를 잊은 척하고 공책을 보여 달라고 하기도 했으니까.

"뭐, 그렇게 된 거야. 하지만 오늘 사토코 너한테 여기로 나오라고 한 건 다른 일 때문이야."

충격에서 헤어나지 못하고 있는 사토코에게 세쓰는 갑자기 다른 이야기를 꺼냈다.

"나 있지, 얼마 전에 국제학교로 전학했어. 지금은 친척 집에서 다니고 있어."

세쓰는 자리에서 일어나 돌계단을 올라가더니 학교 쪽으로 몸을 틀었다.

"그래서 이제 이 학교에는 안 와."

학교 건물을 바라보며 세쓰는 말을 이었다.

"사실은 이대로 아무도 만나지 않으려고 했는데 사토코 넌 꼭 만나고 싶었어."

세쓰가 다시 빙글 몸을 돌려 사토코를 보았다.

"사토코, 너도 앞으로 반년만 참으면 돼. 나, 노리코와 떨어져 지내고 싶어서 학교를 옮긴 거야. 더는 노리코가 시키는 대로 하고 싶지 않았거든."

세쓰는 돌계단에서 내려와 사토코의 어깨를 잡았다. 사토코는 무슨 말인지 종잡을 수가 없었다.

"사토코 너도 열심히 해. 만약 공립 중학교에 가서 노리코와 같은 반이라도 되면 어떻게 해. 그럼 또 지금과 같은 날이 되풀이될걸."

세쓰가 바짝 다가와 말했다.

"열심히 공부해서 사립 중학교에 가. 그 이야기를 꼭 해 주고 싶었어."

사토코는 대답할 수가 없었다.

"그럼 잘 가."

세쓰는 자신이 하고 싶은 말을 다 하고는 저 멀리 뛰어갔다. 사토코는 우두커니 서서 그 뒷모습을 지켜봤지만 세쓰는 한 번도 돌아보지 않고 어스름 속으로 사라져 버렸다.

언제나 함께 화장실에 가고, 급식을 먹고, 소풍 때도 같은 모둠이었는데 무척이나 담백한 이별이었다. '편지해', '전화할게' 그런 말은 하지 않았다.

사토코는 학교로 왔던 길을 되돌아 걷기 시작했다.

'사토코, 너도 앞으로 반년만 참으면 돼.'

그 말이 사토코의 가슴에 턱 걸려 있었다. 사립 중학교에 가면 노리코와 이별할 수 있는 건 분명하다. 더는 함께 있지 않아도 된다. 하지만 사토코는 "응, 나도 열심히 할게. 앞으로 반년 동안 잘 견딜게."라고는 말할 수 없었다. 왠지 그러고 싶지 않았다.

사토코는 어둑어둑해진 길을 하염없이 걸었다. 세쓰가 떠났는데도 슬프지 않은 것이 굉장히 이상했다.

오지 않는 전화

9월, 새 학기가 시작됐다.

그날 아침 6학년 3반 교실, 아이들은 오랜만에 만난 반가움에 모두가 흥분해 있었다. 쿵쾅거리며 뛰어다니는 아이들, 큰 소리로 떠드는 아이들, 그칠 줄 모르고 수다에 빠져 있는 아이들. 교실은 난장판이었다.

"세쓰가 왜 이리 늦지. 오랜만이라 늦잠 잤나."

사토코와 함께 교실 창가에 있던 노리코가 말했다.

세쓰가 오지 않는 이유를 까맣게 모르고 있던 노리코는 걱정스러운 듯 연신 교실 입구 쪽을 바라보았다. 사토코는 노리코에게 세쓰 소식을 전할 생각이 없었다. 말하면 노리코가 기분 나쁘게 생각할 게 뻔하니까.

나오는 지난주에 아빠를 따라 브라질에 갔다. 더구나 이번에는 3개월이나 되돌아오지 않는다고 했다.

"나오가 없으니까 허전하네."

사토코는 그렇게 말하는 노리코를 보고 몰래 한숨을 내쉬었다. 물론 사토코도 나오가 없으니 허전했다. 화장실에 같이 가 주지 않아도 되기 때문에 편할 텐데도 어쩐지 마음 한구석이 빈 것 같았다.

노리코는 언제나 나오가 없는 허전함을 사토코와 세쓰로 메우려고 했다. 억지로 세쓰에게 일본어를 가르치거나 사토코에게 피로 회복 체조를 가르쳐 주었다. 사토코는 그런 노리코가 늘 버거웠다. 게다가 이제 세쓰도 없다. 노리코가 돌볼 상대는 사토코뿐인 것이다. 나오가 없는 앞날을 생각하자 사토코는 우울해졌다.

체육관에서 개학식을 마치고 교실에 돌아왔지만 당연히 세쓰는 나타나지 않았다.

"무슨 일이지. 학교에 나오지 못할 일이 생기면 늘 나한테 전화했는데."

사토코는 모른 척 고개를 갸우뚱해 보일 수밖에 없었다.

담임인 구로사와 선생님은 교실에 들어와 흥분한 아이들을 진정시키고 난 뒤 세쓰가 전학 간 사실을 알렸다.

사토코는 조금 떨어진 곳에 앉은 노리코를 살폈다. 노리코는 몹시 화난 얼굴이었다.

선생님 이야기가 끝나고 출석 번호 순으로 방학 숙제를 제출할 때가 되자 교실은 아이들이 떠드는 소리로 다시 왁자지껄해졌다.

"세쓰가 전학 간 국제학교는 어떤 데야? 노리코, 너는 당연히 알고 있었지?"

앞자리에 앉은 이시이가 그렇게 묻자 노리코는 난처한 모양이었다. 노리코가 뭐라고 대답할까 궁금해서 보고 있는데 이번에는 사토코의 짝꿍이 말을 걸어왔다.

"역시 영어를 할 줄 아니 좋구나. 세쓰 걔 외국인과 사귀고 그러려나. 아, 좋겠다. 국제학교는 외국인뿐이지?"

"아, 부럽다. 세쓰가 외국인 친구 소개해 주려나."

사토코는 난감함을 숨기고 말했다.

"아, 그럼 나도 끼워 줘! 나도 외국인과 친구하고 싶어!"

"좋아. 그땐 너도 끼워 줄게."

사토코는 속으로 조마조마했지만 싱긋 웃어 보였다. 그리고 노리코는 이시이에게 뭐라고 대답했을까 궁금했다. 아마도 자신과 비슷한 대답을 하며 얼버무렸을 거라고 생각했다.

그날 집에 오는 길에 노리코가 사토코에게 물었다.

"넌 세쓰가 전학 간 거 알고 있었어?"

사토코는 가슴이 쿵쿵 뛰었지만 몰랐다며 손사래를 쳤다.

"몰랐지. 진짜 나도 깜짝 놀랐어."

"그렇지? 못 들었지?"

"응, 진짜 얼마나 놀랐는지 몰라."

사토코는 고개를 강하게 끄덕였다.

바람이 거세게 불어 빈 깡통이 시끄럽게 굴러다녔다. 길가에 핀 잡초가 금방이라도 뽑힐 듯 심하게 흔들렸다.

"나 지금 세쓰 집에 가 볼 거야."

그렇게 말하는 노리코의 짧은 머리카락이 사자 갈기처럼 쭈뼛쭈뼛 서 있었다.

"우리한테 말 한 마디 없이 가 버린 걸 보면 무슨 일이 있는 거야. 분명해."

"무슨 일이라니?"

"틀림없이 엄마 아빠가 억지로 전학시켰을 거야. 생각해 봐. 이제 겨우 일본어도 잘할 수 있게 됐잖아. 세쓰가 이제 와서 국제학교에 가고 싶다고 말했을 거 같아?"

노리코는 자신에 차 있었다.

"하지만 선생님이 친척 집에서 다닌다고 하셨잖아. 가지 않는 게 좋을 거 같은데."

사토코가 조심스럽게 말렸다.

"세쓰는 없어도 돼. 따질 거면 부모님을 만나야지. 부모라고 자식의 생각을 무시하고 선학시켜도 되는 건가요? 그렇게 따질 거야."

노리코는 주먹을 쥐고 권투하는 시늉을 했다. 남 일에도 발 벗고 나서는 노리코다운 발상이었다.

"사토코, 너도 같이 가자."

"어?"

"오늘은 학원 안 가잖아."

"으, 으응……."

"같이 가자, 응? 세쓰를 위해서야."

노리코가 사토코의 팔을 잡고 흔들며 졸랐다. 사토코는 난처했다.

"그런데 있지……."

사토코는 머리를 굴렸다. 그리고 말을 이었다.

"나 학원 예습해야 하는데……."

고개를 떨구고 말했다.

"너무 어려워서 시간이 되게 많이 걸리거든……."

사토코의 팔을 잡고 있던 노리코의 손이 조금 느슨해졌다.

"그래."

노리코의 손이 완전히 사토코의 팔에서 떨어졌다.

"알았어, 그럼 나 혼자 가지 뭐. 화끈하게 따지고 올게."

"응."

사토코는 노리코의 얼굴을 볼 수가 없었다.

"사토코, 밤에 전화할게."

노리코에게 사토코는 대답 대신 생긋 웃어 보였다. 뛰어가는 노리코의 뒷모습을 보자 가슴이 먹먹하게 아파 왔다.

그날 밤, 사토코는 안절부절못하며 노리코가 전화하기를 기다렸다. 하지만 전화는 오지 않았다.

걸음이 멈춘 곳

다음 날, 노리코는 학교에 나오지 않았다. 담임선생님은 노리코가 감기에 걸려서 나오지 않았다고 했다.

'감기에 걸려서 어젯밤에 전화를 못한 건가.'

사토코는 어쩌면 노리코가 세쓰 집에도 가지 않았는지 모른다고 생각했다. 그렇다면 세쓰 부모님께 따지러 가는 건 이대로 잊어 주면 좋을 텐데. 아니, 틀림없이 잊을 거다. 열에 시달리는 동안 흐지부지 포기할 거다. 사토코는 그렇게 되면 좋겠다고 생각했다. 틀림없이 그렇게 될 거라고 믿기로 했다.

노리코가 없으니 쉬는 시간에 혼자라서 자유로웠다. 가끔은 교실에 혼자 있는 것도 홀가분하고 좋았다.

사토코는 마음 편히 하루를 보내고 집에 돌아왔다. 하지만 학원 가방을 본 순간 우울해졌다. 엄마는 직장에 나가고 없지만 8시면 돌아올 것이다.

사토코는 마지못해 학원에 갈 준비를 했다. 학원 가방은 여름 방학 특강이 끝난 뒤로 한 번도 열어 보지 않았다. 사토코는 그 가방을 그대로 들고 집을 나왔다. 그리고 목적 없이 걸었다. 학원에 가기 싫었다.

'B반은 싫어. 기리시마는 B반으로 떨어진 나를 어떻게 생각할까. 오락실 일도 있으니 도넛 가게에도 오지 않겠지.'

사토코는 걸음을 멈췄다.

갈 곳도 없지만 도망칠 곳도 없었다. 고개를 들자 옅은 주황빛깔로 물든 하늘에 새 한 마리가 지나갔다. 사토코는 우두커니 서서 하늘과 구름, 그리고 그 밑으로 펼쳐지는 마을을 멍하니 바라보았다.

'학원에 가면 신 나는 일이 잔뜩 기다리고 있을 줄 알았는데……. 그렇지도 않았어.'

차도를 오가는 자동차 엔진 소리가 귓가를 스쳐갔다.

어디에선지 음식 냄새가 났다. 채소를 볶을 때 나는 코를 콕 찌르는 기름 냄새였다.

'아, 진짜 짜증 나……. 중학교에 들어가면 새로운 반에서 새로운 친구를 사귈 텐데, 거기서도 또 요시다 같은 아이를 만나면 어쩌지. 노리코 같은 아이와 친하게 지내야 한다면 어쩌

냐고…….'

지금까지 한 번도 생각해 본 적 없지만 중학교에 가더라도 그럴 가능성은 있었다. 즐거운 하루하루가 기다리고 있다고 장담할 수는 없다. 사토코는 불안이 밀려왔다.

어느새 사토코의 발이 움직이고 있었다. 그런데 어쩐 일인지 엄마가 일하고 있는 백화점으로 발길이 향하고 있었다.

지하 식품 판매장은 저녁 장을 보러 나온 사람들로 북적였고 여기저기서 맛있는 냄새가 풍겼다. 사토코는 지난번에 엄마가 있었던 주류 판매장 쪽을 살그머니 들여다봤다. 하지만 엄마는 없었다.

'엄마가 오늘은 어디에 있지?'

사토코는 엄마를 찾았다.

'내가 왜 여기에 온 거지?'

머릿속에서 의문이 떠올랐지만 마치 길 잃은 아이처럼 절박한 심정으로 몸이 제멋대로 엄마를 찾고 있었다.

냉동 식품 판매장에서 엄마를 발견했을 때 사토코는 하마터면 엄마에게 와락 안길 뻔했다.

숨어서 엄마를 훔쳐보았다. 햄버그스테이크를 팔고 있는 엄마는 웃는 얼굴로 손님과 이야기하고 있었다. 그리고 손님이

가자 한 손에 쟁반을 들고 소리쳤다.

"새로 나온 햄버그스테이크 맛보세요!"

사토코는 그 목소리를 듣고 귀를 의심했다.

"전자레인지에 3분만 데우면 되는 햄버그스테이크입니다! 도시락 반찬으로 아주 좋습니다."

엄마 목소리가 아닌 것 같았다. 하지만 분명 엄마 목소리가 맞았다. 갈라진 목소리도 쉰 목소리도 아닌 엄마의 높고 독특한 목소리는 왁자한 식품 판매장에서 유난히 잘 들렸다.

엄마도 기분 좋게 소리치고 있었다. 마치 노래하는 것 같았다. 쟁반을 내밀고 시식을 권하는 얼굴이 기분 좋은 듯 웃고 있었다. 거절당해도 표정이 변하지 않았다. 손님이 엄마 앞에 멈춰 서면 웃는 얼굴로 시식을 권했다.

사토코는 변화된 엄마 모습에서 눈을 뗄 수가 없었다.

그때 뒤에서 누군가가 어깨를 두드렸다. 돌아보니 물빛 작업복에 장화를 신은 아빠였다. 사토코가 놀라 말을 못하고 있자 아빠는 헤죽헤죽 웃으며 말했다.

"뭐야, 너도 엄마 보러 온 거야?"

사토코는 아빠에게 들킨 게 멋쩍어서 입술을 깨물었다.

"엄마, 많이 익숙해졌는걸. 이제 목소리도 잘 나오고."

아빠는 허리를 구부리고 몰래 엄마 쪽을 보며 말을 이었다.

사토코는 아빠도 엄마를 몰래 보고 있었구나 생각하자 마음이 약간 놓였다.

"아빠는 옷차림이 그게 뭐예요?"

사토코는 백화점 식품 판매장에 어울리지 않는 아빠의 차림새가 마음에 걸렸다.

"어, 일하다 왔거든."

사토코는 '아빠가 하는 일이란 게 이런 차림으로 하는 거였나.' 생각했다. 일하다 나왔다니 그럼 이 근처에서 일하고 있는 건가. 아빠가 일하는 빌딩은 전철로 한 시간 정도 걸리는 곳일 텐데. 사토코는 아빠에게 궁금한 것이 많았지만 묻지는 않았다.

"아빠는 이제 가 봐야겠다."

"엄마도 안 만나고요?"

사토코는 자기도 엄마를 만나고 갈 생각이 없으면서 굳이 물어봤다.

"아니, 됐어. 몰래 보러 온 거 들키면 창피할 거고."

"그런 차림으로 이런 데 있는 게 더 창피할 것 같은데요."

"그래? 하긴 그럴 수도……."

아빠는 주위를 둘러보더니 머리를 벅벅 긁고 등을 구부렸다. 엉겁결에 사토코가 웃자 이번에는 아빠가 물었다.

"사토코, 오늘은 학원 안 가? 벌써 수업 시작할 시간이 지났잖아."

사토코는 가슴이 철렁해서 슬그머니 학원 가방을 등 뒤로 숨겼다. 하지만 아빠는 사토코가 어떤 가방을 들고 학원에 다니는지 모를 거다. 그러니 괜찮다. 아빠에게 들키지 않았을 거다…….

"오늘은 학원에 가지 않는 날이에요."

'아빠가 알 리 없어. 내가 학원에 가는 날이 무슨 요일인지 아빠가 기억할 리 없어.'

"그래."

아빠는 사토코가 하는 말을 곧이곧대로 믿는 듯 고개를 끄덕이고는 장화를 쿨렁거리며 갔다. 아빠의 뒷모습을 보면서 사토코는 생각했다.

'아빠는 엄마가 하는 일에 관심이 없는 게 아니었구나. 그런데도 엄마는 아빠가 자기 일에 무관심하다고 생각하겠지? 일하는 걸 몰래 보고 간 줄 모르니까…….'

순간 사토코는 가슴이 덜컥했다. 그리고 엄마 눈에 띄지 않게 살그머니 백화점을 빠져나왔다. 주위는 이미 어둑어둑해졌고 수많은 빌딩에서 쏟아 내는 불빛이 거리를 감싸고 있었다.

사토코는 크게 숨을 들이마시고 학원을 향해 뛰어가기 시작했다.

아빠가 알았어!

사토코는 학원에 도착하자마자 곧장 사무실로 뛰어 들어갔다. 그곳에는 사와구치 언니가 혼자 있었다.

사토코의 발소리를 듣고 사와구치 언니가 말했다.

"어머, 뭐 하고 있어? 수업은 벌써 시작했는데."

사와구치 언니는 기둥에 붙은 커다란 벽시계를 쳐다봤다. 사토코는 젖 먹던 힘을 다해 뛰어왔기 때문에 당장은 말을 할 수가 없었다.

"아, 교재? 사토코…… B반으로 내려가지 않았던가?"

사와구치 언니가 주섬주섬 교재를 챙기기 시작했다.

"여름 방학에 성적이 떨어지는 일은 흔히 있으니까 열심히 하면 다시 A반으로 올라갈 수 있어."

사와구치 언니가 격려하듯이 말했다. 하지만 사토코가 듣고 싶은 건 그런 말이 아니었다. 사토코는 호흡을 가다듬었다. 그리고 사와구치 언니에게 뛰어오는 동안 머릿속으로 준비한 질문을 했다.

"우리 아빠, 혹시 여기 온 적 없어요?"

"어?"

사토코에게 교재를 건네려던 사와구치 언니의 손이 멈췄다.

"우리 아빠, 학원에 온 적 있죠?"

사와구치 언니가 어물쩍 넘기려 하면 곤란하겠다는 생각에 사토코는 말투가 딱딱해지고 말았다.

"어……."

사토코는 당황하는 사와구치 언니를 빤히 쳐다봤다. 진지한 눈초리에 사와구치 언니는 작게 한숨을 쉬었다.

"아빠가 비밀로 해 달라고 하셨는데……."

사와구치 언니는 자기 자리에 앉더니 사토코에게도 의자를 내밀었다.

"자주 오셔."

"마지막으로 온 게 언제예요?"

사토코는 의자에 앉자마자 다음 질문을 했다.

"그저께."

"그럼 아빠는 내가 B반으로 떨어진 거 아세요?"

"그럼, 아시지."

사토코는 갑자기 기운이 확 빠져 들고 있던 가방을 바닥에 떨어뜨렸다.

아빠는 사토코에게 관심이 없었던 게 아니었다. 엄마가 일하는 모습을 몰래 보러 간 것처럼 학원에 몰래 찾아와 사토코의 모습을 확인했던 것이다.

"아빠, 건축 회사 다니시지?"

사와구치 언니는 사토코가 떨어뜨린 가방을 주워 들면서 물었다. 아빠가 건축 회사에서 일하는 건 분명하다. 그건 사토코도 알고 있었다.

"역 근처에 새로 짓는 빌딩을 아빠가 설계하셨다면서? 진짜 대단하시다."

"공사 중인 빌딩 말이에요?"

"그런가 봐. 그래서 지난번에도 작업복에 장화 차림으로 오셨어. 일하다가 나오셨대. 아빠, 참 멋있더라."

사와구치 언니는 웃으며 말했다. 사토코는 잠자코 사와구치 언니 말을 듣고 있었다.

까맣게 모르고 있었다. 아빠 일에 관심이 없었다. 아빠가 회사에서 어떤 일을 하는지 생각해 본 적도 없었다.

"아, 이런 이야기는 나중에 다시 하자. 벌써 수업 시작했으니까."

언니는 시계를 올려다보더니 사토코의 팔을 잡고 일으켜 세웠다.

"자, 열심히 해."

사와구치 언니가 교재와 가방을 억지로 사토코에게 건넸다. 하지만 사토코는 한 가지 더 묻고 싶은 것이 있었다.

"언니가 저랑 가끔 도시락을 먹은 것도…… 아빠가 부탁해서 그런 거예요?"

언니는 사토코의 질문에 어리둥절한 표정이었다.

"아니야."

사와구치 언니가 사토코의 어깨를 밀며 사무실 입구로 향했다. 그리고 빠르게 말을 이었다.

"나도 학생들이랑 친하게 지내고 싶은 사람이거든. 하지만 학생들은 죄다 도미나가 선생님처럼 멋지거나 야스이 선생님처럼 재미있지 않으면 친하게 지내려고 하지 않잖아."

조금 마음이 놓인 사토코는 고개를 끄덕이고는 교재를 들고 사무실을 나왔다.

사토코는 교실 쪽으로 걸어갔다. 역시나 들어가기 싫었다.

사와구치 언니가 격려해 주었는데도 B반에는 가고 싶지 않았다. 사토코는 살그머니 몸을 돌려 사와구치 언니에게 들키지 않도록 학원을 나와 집 쪽으로 걷기 시작했다.

텅 빈 집에 돌아오자마자 사토코는 침대에 누웠다.

'아빠는 내가 B반으로 떨어진 것을 알고 있었어. 그런데 아무 말도 하지 않았어. 알고 있으면서도…….'

사토코는 머릿속으로 몇 번이나 되풀이해서 생각했다.

얼마나 지났을까. 엄마가 돌아왔다.

"어머, 학원 안 갔니?"

사토코가 방에서 나가자 놀랐는지 엄마가 물었다.

"선생님이 좀 아프셔서 빨리 끝났어요."

사토코는 천연덕스럽게 거짓말했다.

"어머, 그래. 그럼 금방 밥 준비할게."

엄마는 사토코의 거짓말을 그대로 믿고 후닥닥 부엌으로 들어갔다. 사토코는 그런 엄마를 보며 어쩌면 엄마도 다 알고 있을지 모른다고 생각했다. B반으로 떨어진 것도, 지금 사토코가 거짓말을 하는 것도.

꼭 그 때문은 아니지만 엄마가 밥이 되면 부르겠다고 했는데도 사토코는 식탁에 앉아서 밥이 되기를 기다렸다. 언제나 자기 방에 틀어박혀 있던 사토코에게 보기 드문 일이었다. 하지만 엄마는 아무것도 묻지 않았다.

엄마는 음식을 만들며 들뜬 목소리로 일하면서 있었던 일을 이야기하기 시작했다.

"통조림을 팔다가 눈에 먼지가 들어가서 비비고 있었어. 그런데 할머니 한 분이 다가와서 사겠다지 뭐야."

엄마는 요리를 하면서 기분 좋은 듯 계속 이야기했다.

"할머니가 '몇 개 사면 되우?' 하고 묻기에 속으로는 그런 걸 왜 묻느냐고 생각했지. 그러면서도 '여섯 개를 사시면 유리컵 하나 끼워 줍니다.' 그랬더니 여섯 개를 사시겠대. 그리고 계산대에 가서는 '난 저 사람이 열심히 하고 있어서 산 거유.' 그러더라니까."

사토코는 잡지를 팔락팔락 넘기면서 귀를 쫑긋 세우고 엄마가 하는 말을 들었다.

"아무래도 그 할머니는 통조림이 너무 안 팔려서 엄마가 울고 있다고 생각했던 모양이야. 미안하기도 하고 고맙기도 해서 정말로 울 뻔했어."

엄마는 기분 좋은 듯이 웃었다. 사토코는 고개를 들 수도 맞장구를 칠 수도 없었다. 하지만 마음속으로는 방그레 웃고 있었다.

사토코는 마냥 들떠서 음식을 만들고 있는 엄마 등을 바라봤다. 엄마 등이라면 똑바로 바라볼 수 있었고 거짓말을 한다면 천연덕스럽게 할 수 있었다. 그러나 솔직한 마음은 전할 수가 없었다.

사토코는 엄마 등이 보이는 식탁을 차마 떠날 수가 없어서 읽지도 않는 잡지만 팔랑팔랑 넘겼다. 어느새 생선 굽는 냄새가 났다.

다 거짓말이야

노리코는 다음 날도 학교에 나오지 않았다.

"오늘은 연락이 없구나. 사토코, 혹시 노리코한테 무슨 연락 못 받았어?"

담임선생님이 물었지만 사토코는 아무 말 못 하고 고개를 저을 수밖에 없었다. 병문안을 가야 되나 하는 생각이 들었다.

"내 걱정은 안 했지?" 라고 나중에 노리코가 말하며 토라지면 곤란하니까. 하지만 사토코는 영 내키지 않았다.

여전히 학원에 갈 기분도 아니었다. 그래도 저녁이 되면 학원 가방을 들고 집을 나왔다. 가방 안에는 여름 방학 교재와 사와구치 언니가 챙겨 준 새로운 교재가 들어 있어서 돌덩이처럼 무거웠다. 집에 있어도 공부할 기분이 아니었기 때문에 가방을 열어 볼 일이 없었다. 모든 게 그대로였다. 공책도 필기도구도 기리시마와 교환한 해피 노트도.

목적 없이 걷다 보니 어느새 백화점에 와 있었다. 사토코는 이해할 수 없는 자기 행동에 어이없어 하면서도 엄마가 일하는 식품 판매장으로 걸음을 옮겼다. 오늘 엄마는 배를 팔고 있었다.

"제철 과일인 배입니다! 한번 맛보고 가세요!"

사토코는 숨어서 엄마를 보고 있는 자신이 한심했다.

나는 엄마와 다르게 살 거다. 어느 회사에서도 받아 주지 않는 엄마처럼 되지 않겠다. 나는 반드시 좋은 중학교에 합격해서 즐거운 학교생활을 할 거다. 사토코는 줄곧 그렇게 생각해왔다.

하지만 지금 백화점 식품 판매장에서 바라보는 엄마는 비참해 보이지 않았다. 사토코는 누가 떠밀기라도 한 듯 엄마에게 다가갔다.

"엄마……."

사토코가 다가가자 엄마는 화들짝 놀랐다.

"웬일이야?"

엄마는 이렇게 말하고는 금세 반가운 듯 웃었다. 사토코가 대답하지 못하자 엄마는 작게 자른 배 한 조각을 이쑤시개에 찍어 내밀었다.

"먹어 볼래?"

사토코는 그걸 순순히 받아 입으로 가져갔다. 배는 아삭아삭하고 달았다.

"맛있지?"

엄마가 묻자 사토코는 고개를 끄덕거렸다.

"이따 집에도 사 갈게."

엄마는 사토코가 왜 여기에 왔는지 묻지도 않고 기분 좋은 듯 배를 깎았다.

사토코는 배를 먹으면서 마음이 흔들리고 있는 것을 느꼈다. 힘이 빠져 무거운 학원 가방을 어깨에 메고 있기가 힘들었다. 사토코는 가방을 벗어 발밑에 놓았다.

"어머, 어서 오세요!"

사토코는 무심코 엄마가 통통 튀는 목소리로 맞이한 손님을 보았다.

"사토코……."

사토코는 눈을 휘둥그레 떴다.

"리사……."

사토코가 중얼거리자 엄마는 리사와 사토코를 번갈아 보며 말했다.

"어머, 너희들 아는 사이니?"

이번에는 리사가 사토코와 엄마를 번갈아 보았다.

"혹시…… 아줌마가 사토코 엄마예요?"

"그래. 어머나, 단골손님 리사가 사토코 친구였구나!"

엄마는 과장되게 놀라더니 사토코의 얼굴을 들여다보았다. 하지만 사토코는 입을 꼭 다문 채 맞은편에 수북이 쌓여 있는 포도 더미에 시선을 돌렸다.

"흐음……."

리사 목소리를 듣자 사토코는 가슴이 팡 하고 터져 버릴 것 같았다.

"사토코, 너희 엄마는 활동적인 커리어우먼 아니었던가?"

사토코는 천천히 리사 쪽으로 시선을 옮겼다.

"컴퓨터 회사 과장님 아니었어?"

리사의 질문에서 더는 도망칠 곳이 없었다. 그 어떠한 변명도 통할 것 같지 않았다.

"어떻게 된 거야? B반으로 떨어진 사토코!"

사토코는 아무 대꾸도 하지 못한 채 리사를 똑바로 보았다. 리사가 입은 티셔츠에는 혀를 쏙 내밀고 있는 대머리 아저씨 얼굴이 그려져 있었다.

"그래. 다 거짓말이었어. 그렇게 말하면 리사 네가 나한테 관심을 가질 줄 알았거든."

사토코는 리사가 입은 티셔츠의 대머리 아저씨 얼굴을 보면서 한참 만에 대꾸했다.

사토코는 살그머니 손을 내밀어 엄마 손을 잡았다. 누구라도 붙잡고 있지 않으면 솔직하게 말할 수 없을 것 같았다. 발이 푹푹 빠지는 깊고 어두운 수렁 속으로 가라앉아 버릴 것만 같았다.

"날마다 함께 점심을 먹는데도 리사 넌 나랑 전혀 친하게 지내려고 하지 않았잖아."

사토코는 천천히 고개를 들어 리사 얼굴을 보았다. 그리고 말을 이었다.

"그래서 너한테 거짓말을 많이 했어. 거짓말 많이 했다고."

엄마가 잡고 있던 손을 꽉 잡아 주었다.

"그럼, 비긴 거지?"

사토코가 계속해서 말하자 리사의 표정이 바뀌었다. 그리고 성난 얼굴로 사토코를 째려보았다.

"똑같잖아."

사토코도 지지 않고 째려보았다. 주변이 사람들로 북적거리고 있어서 소란스러운데도 사토코의 귀에는 아무 소리도 들리지 않았다. 자신이 내뱉는 말만 유난히 크게 울리는 것처럼 느껴졌다.

"리사 너도……."

사토코가 입을 연 순간 갑자기 리사가 옆에 있던 배를 집어 들었다.

"시끄러워!"

리사가 배를 바닥에 힘껏 내동댕이치며 소리쳤다.

"네까짓 거 사라져 버리라고!"

리사는 몸을 홱 돌리고 뛰어갔다.

엄마는 살그머니 사토코 손을 놓고 바닥에 으스러진 배 조각들을 줍기 시작했다. 사토코도 쭈그리고 앉아 엄마와 함께 흩어진 배 조각들을 한데 주워 모았다. 그때 사토코 입에서 불쑥 말이 튀어나왔다.

"학원 그만두고 싶어요."

소리 내어 말하고 보니 아주 오래전부터 그런 생각을 해 왔던 것 같은 기분이 들었다.

"그래."

엄마는 놀라지 않았다.

엄마는 배 조각들을 다 줍자 앞치마 주머니에서 바닥을 훔칠 마른 걸레를 꺼냈다.

"아빠도 반대하지 않으실 거야."

사토코는 쭈그리고 앉아 바닥을 닦는 엄마의 손을 멍하니 보고 있었다.

"아빠가 늘 그러셨잖아. 무리하지 않아도 된다고……."

엄마는 바닥을 다 닦은 뒤 사토코의 팔을 잡고 함께 일어나며 말했다.

"그래도 말이야……. 가끔은 무리해도 괜찮아."

엄마는 쟁반을 들고 등을 쭉 폈다. 그러고는 사토코에게 웃어 보인 뒤 크게 숨을 들이마셨다.

"어서 오세요!"

엄마의 높은 목소리가 노래하듯 통통 튀며 공중으로 날아올랐다.

"제철 과일인 싱싱한 배입니다! 맛보고 가세요!"

사토코는 엄마 목소리를 들으면서 아주 오랜만에 마음이 편안해졌다. 그 뒤로도 사토코는 하염없이 엄마 옆에 서 있었다. 엄마 곁을 떠날 수 없었다.

지나가던 점원이 엄마에게 말을 건넸다.

"어머, 따님? 우아, 두 분이 붕어빵이네요."

사토코는 그 말도 다른 때처럼 싫지 않았다. 닮은 건 얼굴뿐이라며 둘러대지도 않았다. 손님에게 배를 권하는 엄마 옆에서 조금은 자랑스러운 마음으로 한동안 서 있었다.

네가 하고픈 대로

그날 밤에 사토코는 아빠에게 학원을 그만두겠다고 말했다. 아빠가 자신에게 관심이 없는 게 아니란 걸 안 지금 아빠 몰래 학원을 그만두는 것이 의미가 없었고 자신이 그만둔 것도 모르고 작업복에 장화 차림으로 아빠가 학원을 찾아가면 곤란하다고 생각했기 때문이다.

"사토코, 네가 그만두고 싶으면 그렇게 해."

아빠는 아주 기쁜 듯 헤실헤실 웃으며 말했다.

"그럼 이번 겨울 방학에는 홋카이도 할머니 댁에 같이 갈 수 있겠구나."

묘하게 들떠서 말하는 아빠 얼굴을 보고 사토코는 하도 어이가 없어서 대꾸할 말도 떠오르지 않았다.

"아, 굳이 할머니 댁에 가지 않아도 되겠다. 어차피 갈 거면 다 같이 여행을 가도 좋겠는걸."

아빠는 뭐가 그리도 좋은지 무척이나 들떠 있었다.

"아, 해외여행도 괜찮겠어. 안 그래, 여보?"

엄마가 아빠 앞에 차를 놓자 아빠는 엄마에게 동의를 구했다. 사토코는 엄마가 깎아 준 배를 사각사각 소리가 나게 씹으면서 아빠는 참 이상한 사람이라고 생각했다.

"아, 여보. 하와이는 어떨까? 바다가 아주 예쁘겠지?"

아빠는 신이 나서 멋대로 이야기를 키워 갔다. 그러자 엄마가 불쑥 한마디했다.

"바다는 예쁘겠지만…… 당신, 수영 못하잖아요."

사토코는 하마터면 먹던 배를 뱉을 뻔했다.

"여보!"

아빠는 당황했지만 이미 늦었다. 사토코도 똑똑히 듣고 말았다.

"거짓말이지?"

사토코는 말을 하고는 배를 꿀꺽 삼켰다.

"나는 수영 교실에 다니게 했으면서 아빠는 수영을 못한다고요?"

"전혀 못하는 건 아니고……."

아빠는 내 질문에 두 손을 가슴 앞에서 팔랑팔랑 흔들며 허둥댔다.

“자유형만 못해.”

사토코는 잠시 아무 말도 할 수가 없었다. 하지만 속에서부터 웃음이 비집고 올라왔다. 엄마는 이미 크크큭 웃고 있었다. 결국 사토코도 참지 못하고 크게 웃음을 터뜨렸다. 엄마도 덩달아서 소리 내어 웃었다.

“호흡만 어떻게 하면 나도 헤엄치는 거 문제없다니까!”

쩔쩔매며 궁색한 변명을 늘어놓는 아빠를 보고 사토코는 더 크게 웃었다. 사토코는 웃으면서 ‘나는 아빠에 대해 아는 게 없구나.’ 하고 생각했다.

다음 날 아침 사토코는 학교에 가기 전에 세수를 하고 있는 아빠에게 가서 먼저 말을 건넸다.

“아빠, 자유형 가르쳐 드릴까요? 시청에서 운영하는 수영장이라면 같이 가 줄 수도 있어요.”

아빠는 젖은 얼굴을 들고 거울 너머로 사토코를 보았다.

학원에 가지 않게 되면 어차피 시간도 남아돌 거고, 선수반 문턱을 넘지 못해 그만둔 수영이지만 오랜만에 다시 하는 것도 나쁘지 않을 것 같았다. 사토코는 가벼운 마음으로 아빠에게 말했다. 그리고 함께 수영하면서 아빠가 하는 일에 대해서도 물어보리라고 마음먹었다.

"하하하, 그럼 배워 보지 뭐."

아빠는 딸에게 배우는 게 부끄러운 듯 고개를 끄덕였지만 기뻐하는 것 같았다.

"수업료는 한 번에 천 엔이에요."

사토코는 이렇게 말하고 가방을 멨다. 그러고는 현관에서 신발을 신고 있는데 "너무 비싼 거 아니야?"라는 아빠의 목소리가 들렸다. 하지만 사토코는 못 들은 척 집을 나왔다.

학교에 가 보니 여전히 노리코는 오지 않았다.

사토코는 쉬는 시간이나 교실을 이동할 때 혼자 다녀도 불편하지 않았다. 화장실에 가고 싶을 때 갈 수 있어서 오히려 홀가분했다. 급식 시간에도 전부터 재미있어 보였던 가린네 무리와 함께 먹었다.

하지만 가린과 친구들은 자신들만의 특별한 신호가 있는지 함께 있을 때면 서로 신호를 주고받았다. 따돌림당하는 기분이 들었다. 더구나 똑같은 펜을 들거나 똑같은 신발을 신고 와야 하는 날 등 규칙이 엄청 많았다.

사토코는 그런 규칙을 지킬 필요는 없었다. 그 무리에 들어

가지 않아서 다행이라고 생각했으며, 그럴 때는 역시 노리코 생각이 났다.

담임선생님에게 노리코에 대해 물어봤다. 선생님은 노리코가 전화도 받지 않고, 집으로 찾아가도 몸이 좋지 않다는 핑계로 나와 보지도 않는다고 말해 주었다.

감기가 아닌 것은 이제 분명해졌다. 왕따를 당하는 것도 아닌 노리코가 학교에 나오지 않는 이유는 아무리 생각해 보아도 하나밖에 없었다.

"정말 왜 그런지 모르겠구나……. 너는 뭐 좀 알고 있니?"

담임선생님 질문에 사토코는 고개를 가로저었다. 짐작 가는 일은 있지만 그것을 담임선생님에게 말하고 싶지는 않았다. 담임선생님에게 제대로 설명할 자신도 없었고 만약 그것이 사실이라 해도 담임선생님이 할 수 있는 건 없었다.

"야무진 아이니까 별일이야 없겠지만……."

담임선생님은 그렇게 말하고 바쁜 듯이 책상 위에 있던 서류를 정리하기 시작했다. 담임선생님 태도는 노리코에게만 신경 쓸 수 없다고 말하는 것 같았다.

솔직하게 말하다

노리코가 학교에 나오지 않은 지 일주일이 지났다.

사토코는 노리코의 집에 가 보기로 했다. 노리코 엄마도 일을 하기 때문에 낮에는 집에 노리코밖에 없을 것이다. 어린이집에 다니는 남동생이 한 명 있는데 저녁때 데리러 가거나 저녁밥을 먹이거나 목욕을 시키는 일은 노리코가 도맡아 했다.

"내 동생은 엄마보다 나를 더 잘 따라. 그래서 동생한테는 내가 없으면 안 돼."

노리코는 그런 말을 곧잘 했다.

사토코는 노리코의 집으로 가는 내내 우울했다. 솔직히 노리코가 걱정되는 건 아니다. 학교에 나와서 함께 놀자고 알랑거릴 생각도 없다.

단지 궁금했다. 왜 학교에 나오지 않는지 확실히 알고 싶을 뿐이었다. 거짓말로 얼버무리거나 피하지 않고 이유를 분명하게 듣고 싶었다.

'노리코에게 심한 말을 듣고 학교까지 그만두고 싶어지면 어쩌지.'

사토코는 노리코보다 자기 걱정이 앞섰다.

하지만 버겁더라도 한번 부딪쳐 보고 싶었다. 그럼 엄마처럼 자신 없는 일을 극복할 수 있거나 좋은 일이 일어날지도 모르니까. 사토코는 그런 기대를 품고 노리코의 집으로 향했다.

노리코는 아파트 3층에 살았는데 한 번도 놀러 간 적은 없었다. 사토코 무리는 교실에서는 늘 붙어 있었지만 방과 후까지 함께 노는 일은 없었다. 생일 파티를 꼬박꼬박 하는 건 나오뿐이었다. 세쓰의 집에 간 적도, 사토코의 집에 누가 온 적도 없었다. 그래서 좋았다. 늘 그래서 좋다고 생각해 왔다.

사토코는 아파트 안으로 들어가서 곧장 3층으로 올라갔다. 노리코의 집은 바로 보였다. 사토코는 망설이지 않고 곧바로 초인종을 눌렀다. 가방 안에는 노리코에게 전할 가정 통신문이 들어 있었다.

초인종을 다섯 번이나 눌렀다. 하지만 문은 열리지 않았다. 사토코는 '그럼 그렇지.' 하고 생각했다. 우편함에 가정 통신문을 넣어 두고 돌아갈 수도 있었다. 하지만 사토코는 아파트 입구로 되돌아가 화단을 둘러친 낮은 담장에 엉덩이를 겨우 걸치고 쭈그려 앉았다. 거기서 노리코를 기다리고 있으면 저녁때 동생을 데리러 나가는 노리코와 만날 수 있을 거라고 생각했던 것이다.

저녁이 되려면 아직도 한참 멀었다. 하지만 어차피 집에 되돌아가 봐야 할 일도 없었다. 사토코는 노리코가 나올 때까지 하염없이 기다리기로 했다.

발밑에서 까만 개미들이 오락가락했다. 사토코는 개미 엉덩이를 손가락으로 밀기도 하고 손가락으로 판 구멍에 개미를 가두기도 하면서 바람맞았던 그저께 밤 일을 떠올렸다.

그저께 밤. 학원이 끝나는 시간에 사토코는 단단히 마음먹고 도넛 가게에 가 보았다. 사토코가 A반이 아니라 해도 기리시마는 사토코를 만나기 위해 도넛 가게에 올지도 몰랐기 때문이다. 사토코는 도저히 기리시마를 잊을 수 없어서 그런 꿈 같은 일이 일어날 수 있는 가능성에라도 매달리고 싶었던 것이다. 하지만 그날 밤, 기리시마는 도넛 가게에 오지 않았다. 사토코는 서글펐다. 예상했고 각오도 단단히 했지만 역시 충격이었다.

사토코는 아파트 입구 자동문이 열릴 때마다 고개를 들었다. 그날 밤 도넛 가게에서 그랬던 것처럼…….

노리코는 좀처럼 나오지 않았다. 개를 안은 아주머니와 택배 배달을 하고 나오는 청년과 꽥꽥 노래를 불러 대는 조그만 어린아이만 나왔다.

사토코는 엉덩이가 아파서 일어났다. 그리고 기지개를 켜며 등을 쭉 폈다. 그때 자동문이 열렸다. 사토코는 기지개를 켠 채로 문에서 나온 사람을 확인했다.

"앗……."

사토코는 노리코를 뚫어지게 바라봤다.

"오랜만이야."

사토코가 말을 건네자 노리코는 대꾸도 없이 얼굴을 홱 돌리고 걸어갔다.

"노리코!"

사토코는 뒤따라갔다.

"왜 왔어?"

노리코는 뒤따라오는 사토코를 홱 째려보았다.

"너 만나러 온 거야."

"왜?"

사토코는 말문이 막혀 버렸다. 노리코가 왜냐고 물으면 딱히 설명할 수가 없었다. 가방 속에 선생님이 챙겨 준 가정 통신문이 있지만 사토코가 여기에 온 이유가 단지 그것 때문만은 아니었다.

"너한테 난 성가신 존재잖아! 함께 있으면 귀찮은 애일 뿐이고!"

잠자코 있는 사토코를 향해 노리코가 계속 쏘아붙였다.

"사토코 너도 세쓰랑 같은 생각이지? 내가 도와주고 챙겨 줄 때마다 짜증 났지? 나랑 함께 있는 건 사립 중학교에 갈 때까지만 참으면 된다고 생각했던 거 아니야?"

사토코는 저도 모르게 눈을 감고 말았다. '역시 그랬구나.' 생각하며 입술을 깨물었다.

사토코가 예상한 대로였다. 그날 세쓰 엄마는 노리코에게 솔직하게 모두 말해 버렸던 것이다. 그래서 노리코가 학교에 나오지 않았던 거다.

일이 이렇게 된 걸 세쓰 엄마 탓으로 돌리면 간단하다. 하지만 사토코도 잘못이 있다. 노리코에게 세쓰가 전학 간 진짜 이유를 말해 주지 않고, 세쓰의 집에 가는 노리코를 지켜보기만 했으니까.

"너도 그런 거지?"

노리코는 멈춰 서서 곤혹스런 표정을 짓고 있는 사토코를 째려보았다.

"그런 거 아니냐고!"

노리코가 사토코의 셔츠를 잡고 자기 쪽으로 홱 당겨 얼굴을 바짝 들이댔다. 사토코는 그 기세에 눌려 엉겁결에 속내를 터뜨려 버리고 말았다.

"그래."

순식간에 노리코는 울상이 되었다. 사토코는 아랑곳하지 않고 속내를 쏟아 냈다.

"나는 네가 무서워서 언제나 내 진심을 말하지 못했어. 그래서 세쓰가 전학 가는 줄 알면서도 모른 척했고, 싫어도 좋다고 말했어."

노리코는 속마음을 솔직하게 드러내는 사토코를 믿을 수 없다는 듯 뚫어지게 쳐다보았다.

사토코는 가슴이 쿵쿵 뛰었다. 노리코가 때리면 뺨을 맞을 각오도 단단히 하고 있었다.

"그럼 뭐 때문에 온 거야?"

착 가라앉은 노리코의 목소리에 사토코는 이를 악물었다.

"다시 학교에 나와!"

노리코가 사토코의 셔츠를 놓아 버렸다. 예상치 못하게 노리코의 손에서 풀려난 사토코는 기우뚱하다가 그대로 엉덩방아를 찧고 말았다.

"속으로는 나를 싫어하면서 걱정하는 척 우리 집에는 왜 찾아온 건데!"

노리코는 사토코를 내려다보며 팩 소리쳤다. 화가 났다기보다 슬퍼 보였다.

"딱히 널 걱정해서 온 건 아냐."

사토코는 엉덩방아를 찧은 자세 그대로 손에 묻은 흙을 탁탁 털었다. 엉덩이와 손보다 가슴이 아팠다.

"나 지금 친구인 척하는 거 아니야."

일어나서 치마에 묻은 흙을 털었다. 그리고 이어 말했다.

"단지 왜 학교에 안 오는지 그게 궁금했을 뿐이야."

사토코는 더 이상 거짓말하지 않겠다고 다짐했다. 솔직히 말하기로 마음먹었다.

"노리코 넌 짜증스럽긴 한데 너 없으면 나 혼자잖아. 솔직히 말하면 쉬는 시간이랑 급식 시간에 좀 처량해. 그러니까 내일은 학교에 나와."

노리코는 꼼짝하지 않은 채 사토코를 째려보았다. 눈물을 참고 있는 듯한 표정이었다.

"청소 당번 바꿔 주지 않아도 되고 숙제를 베끼게 해 주지 않아도 되니까 내일은 와."

사토코도 노리코를 보았다. 그러고는 몸을 홱 틀어 왔던 길을 되돌아갔다. 느긋하게 산책을 즐기고 있는 개와 할아버지를 앞질러 뛰었다. 멈추고 싶지 않았다. 잠깐이라도 멈춰 서면 움직일 수 없을 것 같았다.

솔직하게 말해 버렸다. 노리코는 더 큰 상처를 받았을 게 분명하다.

"그렇지 않아. 나는 노리코 네가 필요해. 너 없으면 난 죽을 만큼 외로우니까 얼른 학교에 나와!"

그렇게 말하면 노리코가 좋아하리라는 걸 알고 있었지만 사토코는 그런 말을 하지 않았다.

'더는 노리코 부하로 지내기 싫어. 웃고 싶지 않은데도 웃거나 속마음과 다른 말을 하는 것도 싫고. 판을 잡고 헤엄치면 편하겠지만 그럼 진짜 수영을 하지 못하는 것과 마찬가지야. 이제 거짓말하기 싫어. 나는 이제부터 판 없이 헤엄칠 거야.'

사토코는 행진하듯 팔을 휘휘 휘저으며 걸어갔다. 그렇게라도 하지 않으면 발이 멈춰 버릴 것 같았다. 팔을 크게 흔들자

덩달아 다리도 움직여서 앞으로 나아갈 수 있었다. 서서히 해가 지고 있었다.

가위바위보

며칠 뒤, 노리코가 학교에 나왔다.

노리코는 사토코와 스쳐도 말 한 마디 건네지 않았다. 쉬는 시간이 돼도 혼자 화장실에 가고, 교실을 이동할 때도 혼자서 다녔다.

나오나 세쓰가 있었다면 "우리 셋이서만 도서실에 가자!" 라고 말하며 사토코만 따돌린 채 셋이서 어디론가 가 버렸을 것이다. 노리코라면 그렇게 심술을 부렸을 것이다. 하지만 지금은 나오도 세쓰도 없다. 노리코는 사토코를 따돌릴 수가 없다.

급식 시간이 되었다. 노리코가 학교에 나오자 가린과 친구들은 사토코를 불러 주지 않았다. 사토코는 별수 없이 노리코 옆으로 옮겼다. 마주보고 앉지 않고 옆으로 나란히 앉았다.

노리코는 사토코를 못 본 척했다. 사토코 역시 아무 말도 하지 않았다.

다른 아이들은 마주보고 앉아 즐겁게 재잘대면서 급식을 먹고 있었다. 하지만 둘은 아무 말도 하지 않고 묵묵히 급식을 꾸역꾸역 입에 넣었다. 그렇게 둘은 한동안 급식 시간에만 함께 했다.

어느 날이었다. 과학 실험 시간에 두 명씩 한 팀을 이루어야 했다.

노리코가 사토코에게 슬그머니 다가왔다. 이번에는 사토코가 모른 척했다. 노리코 역시 아무 말도 하지 않았다. 둘은 비커를 준비하거나 수조에 미지근한 물을 넣는 실험을 하면서도 말하지 않았다.

"사토코, 꾸물거리지 말고 스포이트 가져와."

실험 도중에 화난 듯한 노리코가 외쳤다.

"네가 가져오면 되잖아."

사토코는 노리코가 시키는 대로 하지 않았다.

"난 지금 얼음을 준비하고 있다고."

"나도 지금 따뜻한 물이랑 잉크를 섞고 있단 말이야."

사토코도 지지 않았다.

하는 수 없이 둘은 실험을 마칠 때까지 여러 가지를 가위바위보로 결정했다. 그렇다고 딱히 사이가 좋아진 건 아니었다.

하지만 그 일이 계기가 되어 함께 있게 되었다.

"사토코, 도서실에 가자."

쉬는 시간에 노리코가 말했다.

"나는 컴퓨터실에 가고 싶어."

사토코가 말했다.

어느 쪽 의견에 따를지도 역시 가위바위보로 결정했다.

둘은 입만 열면 서로 의견이 달랐고 서로 발끈하는 일뿐이었다. 하지만 서로 째려보고 외면하면서도 어쩐 일인지 늘 붙어 다녔다. 물론 스트레스가 쌓였다. 사토코는 토요일마다 수영장에 가서 아빠를 지옥 훈련시키며 그 스트레스를 실컷 풀었다.

어느 날 사토코는 노리코와 매사에 의견 충돌하는 것에 지쳐서 "나 오늘은 어디든 상관없어. 그러니까 노리코 너 가고 싶은 곳에 가도 돼."라고 말했다. 그러자 노리코가 말했다.

"그럼 난 동물 체험 학습장에 갈래."

만족스러운 듯한 노리코의 얼굴을 보자 사토코는 의견이 충돌하지 않는 건 편하다고 생각했다. 이제 노리코가 원하는 대로 해 주는 것도 괜찮을 것 같았다.

다음 날 쉬는 시간이었다.

"오늘은 네가 가고 싶은 데 가자. 어제는 동물 체험 학습장에 갔으니까."

불쑥 노리코가 말했다.

노리코가 사토코에게 의견을 물은 건 처음이었다.

"뭐, 정 가고 싶은 데가 없다면 내가 정하고."

사토코를 보지 않고 말하는 걸 보면 노리코는 약간 쑥스러운 모양이었다.

"그럼, 그냥 교실에 있자. 교실에서 스토리 게임 하자."

사토코는 전에는 없었던 일이기 때문에 자신이 하고 싶은 것을 말해 봤다. 스토리 게임이란 국어사전에서 단어를 열 개 골라서 이야기를 만드는 게임이다.

"뭐? 스토리 게임?"

노리코는 국어 시간에 했던 그 게임이 싫은 모양이었다.

"지금은 쉬는 시간이야. 공부하는 시간이 아닌데."

그래도 사토코가 물러서지 않자 노리코는 포기했는지 국어사전을 꺼냈다.

우선 서로 사전에서 단어를 다섯 개씩 골랐다.

사토코는 사전을 뒤적여 단어를 고르면서 생각했다.

'솔직하게 말하면 부딪히기만 하고 피곤해. 거짓말을 하면

괜히 조마조마하고. 하지만 이따금 양보하니까 오히려 양보를 받기도 하는구나. 후유, 판 없이 헤엄치기 어렵다.'

"골랐어?"

노리코가 고개를 들었다.

"응."

사토코가 고른 단어는 과일, 그릇, 신발, 고통, 마법이었고, 노리코가 고른 단어는 삼림, 도서, 개발, 여행, 벽지였다.

"아, 너무 다르잖아. 어떻게 이야기를 만들자는 거야."

노리코는 투덜거리면서도 곧장 공책을 펼쳤다. 그 뒤로 둘이서 머리에 쥐가 나도록 만든 이야기는 엉뚱하고 괴상했지만 재미있어서 둘은 키득키득 웃었다.

'중학교에 가서 노리코와 같은 반이 돼도 나쁠 건 없겠어.'

엉뚱하고 괴상한 이야기를 다시 읽으면서 사토코는 슬며시 그런 생각을 했다.

이번이 마지막

9월 중순, 도미나가 선생님에게서 전화가 걸려 왔다.

"사토코, 너하고 이야기 좀 하고 싶은데……."

선생님은 조심스럽게 학원 밖에서 만나자고 했지만 사토코는 학원으로 가겠다고 대답했다. 딱 한 번만 더 기리시마를 보고 싶었기 때문이다.

사토코는 여름 방학 특강 교재와 공책이 그대로 들어 있는 가방을 열고 해피 노트를 꺼냈다. 사토코는 기리시마와 만나기 위해 '사립 중학교 입시를 그만뒀으니까 이 공책 이제 돌려줄게.'라는 핑계를 생각해 냈던 것이다.

'이번이 마지막이야. 정말로 마지막이야.'

사토코는 각오하고 오랜만에 학원에 갔다.

"사토코, 왜 그만둔 거니? 너 없으면 내가 학원 오는 즐거움도 줄어들잖아."

사와구치 언니는 사토코를 보자 몹시 섭섭해 하며 말했다.

사토코가 웃으며 "힘내서 언젠가는 시집가세요." 라고 말하자, "언젠가가 아니라 지금 당장 가는 건 어떨까?" 라고 대답했다. 그래서 "그럼 야스이 선생님 정도면 괜찮겠네요." 라고 말해 줬다.

그러고 나서 사토코는 교무실로 가서 도미나가 선생님을 찾았다. 선생님들은 모두 수업 준비를 하고 있었다. 사토코를 보고 도미나가 선생님이 생긋 웃었다.

"안녕, 오랜만이야. 잘 지냈니?"

도미나가 선생님은 하이힐 소리를 또각또각 울리며 사토코에게로 다가와 말했다.

"자, 이쪽으로 와."

도미나가 선생님은 아주 자연스럽게 사토코를 교무실에서 데리고 나갔다. 그러고는 당연한 듯이 사토코를 강사용 화장실로 데리고 들어갔다.

"미안해. 여기까지 오게 해서."

도미나가 선생님은 화장실에 들어가자마자 친근하게 이야기를 꺼냈다.

"학원은 왜 그만둔거니? 성적이 떨어져서?"

강사용 화장실은 너무 작아서 사토코는 갇힌 기분이었다. 바로 코앞에 도미나가 선생님 얼굴이 있는 것도 왠지 좀 민망했다. 왜 이런 곳에 데리고 들어와 이야기하는지 사코토는 도무지 이해할 수가 없었다.

"선생님, 하고 싶단 말이 그거예요?"

사토코는 선생님 말을 가로막듯이 말했다. 얼른 도미나가 선생님과 이야기를 끝내고 기리시마를 만나고 싶었다. 이제 10분 뒤면 수업 시작이다.

"아, 아냐. 리사에 대한 이야기야."

사토코도 예상은 하고 있었다. 친하지도 않은 도미나가 선생님이 사토코를 다시 학원에 다니게 하기 위해 일부러 불러냈을 리가 없다. 사토코를 걱정하거나 챙겨 줄 리가 없다.

"리사는 새 학기에도 학원에 나왔어."

실망하는 사토코 옆에서 선생님은 리사 이야기를 꺼냈다. 그리고 계속 말을 이었다.

"하지만 네가 같은 반이 아니라는 걸 알고 그 뒤로는 나오지 않아. 여전히 학교에도 안 가고 거리를 방황하는데, 통 기운이 없어……."

사토코는 고개를 숙인 채 도미나가 선생님 발끝을 보고 있었다. 하이힐 밖으로 나온 발톱이 반짝반짝 빛났다.

"내가 이런 이야기하는 게 이상할지 모르지만 리사가 너와 함께 있을 때는 굉장히 기운이 넘쳤거든. 그 아이 말로는 자기는 머리도 아주 좋고 커서 배우가 될 거니까 학교 같은 데 다닐 필요가 없다는데 아무리 그래도 이제 겨우 열세 살이잖아. 그리고 너하고 어렵사리 친해지기도 했고. 뭐 일방적으로 친하게 지낸다는 게 어렵긴 하겠지만……."

사토코는 도미나가 선생님이 말꼬리를 흐리자 선생님이 하려던 말을 대신 꺼냈다.

"제가 리사와 친구해 주기를 바라는 거예요? 앞으로도 친하게 지내길 바라세요?"

비좁은 화장실에 단둘이 있는 게 답답했던지 사토코는 이마에 땀이 송골송골 맺혔다.

"그래, 바로 그거야."

도미나가 선생님은 활짝 웃으며 말했다.

"싫어요."

사토코는 크게 한숨을 내쉬고 말했다. 활짝 웃던 도미나가 선생님 얼굴이 그대로 굳어졌다. 그 모습을 보고 사토코가 바로 덧붙여 말했다.

"하지만 선생님이 그렇게 부탁하신다면……."

사토코는 연극 무대에서 본 리사의 행복한 얼굴을 떠올렸다. 도미나가 선생님은 굳었던 얼굴이 풀리면서 기대에 찬 눈으로 사토코를 뚫어지게 바라보았다.

"그럼 저도 선생님 극단에서 연습하게 해 주세요."

"어?"

"거기서 리사하고 만나면 친하게 지낼 수 있잖아요."

사토코는 도미나가 선생님을 보고 방긋 웃었다. 퍼뜩 떠오른 생각치고는 만족스러운 아이디어였다. 사실은 줄곧 원하고 있었던 것 같은 기분도 들었다.

도미나가 선생님은 잠시 고민하는 듯하더니 선선히 그 조건을 받아들였다.

도미나가 선생님과 이야기가 끝나자마자 사토코는 후다닥 화장실에서 뛰어나왔다. 학원에 온 가장 큰 이유는 기리시마를 만나기 위해서였다. 사토코는 가방에서 해피 노트를 꺼내 들고 A반을 향해 갔다.

교실 입구에 서서 기리시마를 찾았다. 하지만 기리시마의 모습은 보이지 않았다. 사토코는 당황스러웠다. 복도를 뛰어 교무실에도 가 보고 다른 반도 확인했다. 이제 곧 수업이 시작

된다. 사토코는 다시 A반에 가 보았다. 교실 입구께에서 기리시마와 몰려다니던 아이들이 과자를 먹고 있었다. 하지만 그곳에도 기리시마는 없었다.

"애들아."

사토코는 눈 딱 감고 그 아이들에게 말을 걸었다.

"기리시마는 오늘 안 왔어?"

사토코가 말을 건넨 미쓰오라는 남자아이는 사토코를 한번 흘끗 쳐다보고는 무시한 채 그대로 자기 친구들과 계속 이야기했다. 그 남자아이 옆에서 여자아이 한 명이 감자튀김을 먹으며 사토코를 보고 히죽히죽 웃고 있었다. 오락실에서 스누피 인형 뽑기 게임을 했던 여자아이였다.

사토코는 아이들 분위기가 멀리서 볼 때와는 다른 걸 느꼈다. 언제나 신 나게 떠들던 무리, 누구도 A반에서 떨어지는 일이 없는 이 아이들을 사토코는 줄곧 부러워하고 있었다. 그래서 친해지고 싶었던 것이다.

"기리시마는?"

이번에는 다른 아이에게 물었다.

갈색빛이 도는 머리카락에 언제나 입술에 빨간 립크림을 바르고 다니는 그 여자아이는 곧잘 도미나가 선생님 옆에 붙어서 화장에 관련된 이야기를 했다.

"기리시마는 그만뒀어."

'미카'라는 그 아이는 껌 종이를 쓰레기통에 던져 넣으면서 시원시원하게 대답했다.

"그만뒀어?"

사토코가 얼빠진 목소리로 되묻자 거기 있던 아이들 모두가 사토코를 흘깃 쳐다봤다.

"그만두다니, 왜?"

사토코는 그 아이들 시선에 아랑곳하지 않고 물었다.

"몰라. 그건 오히려 우리가 묻고 싶은 건데. 걔가 없으니까 오락실에 가도 불편하거든. 걔 말고는 돈 내줄 아이가 없으니까 인형 뽑기 게임도 못 하고……."

"돈이라니……."

사토코는 가슴이 벌렁벌렁했다.

"쉬잇."

조금 전에 사토코를 무시했던 미쓰오가 인상을 팍 쓰며 미카가 더 이상 말하지 못하게 했다.

"돈이라니?"

사토코는 미카에게 뛰어가 팔을 잡았다. 미카는 사토코의 손을 홱 뿌리치고는 자기 자리로 돌아가 버렸다.

사토코가 멍청히 있자 사토친이 말을 내뱉었다.

"너랑 상관없는 일이잖아."

종이 울리자 모두들 제자리로 돌아가기 시작했다.

"자, 시작하자."

남자 개그맨 성대모사를 하면서 야스이 선생님이 교실로 들어왔다. 사토코는 하는 수 없이 살그머니 교실을 나왔다.

기리시마의 편지

사토코는 복도를 터벅터벅 걸었다.

'기리시마도 학원을 그만뒀다니……. 게다가 그 아이들의 차가운 태도. 돈 이야기는 또 뭐지?'

사토코는 기리시마와 오락실에 갔던 날을 떠올렸다. 그때 기리시마는 당연한 듯이 자기가 돈을 내고 인형 뽑기 게임을 시작했다. 그리고 인형을 뽑아 준 기리시마에게 사토코가 돈을 건넸을 때에는 화들짝 놀라며 오히려 고맙다고 말했다.

'기리시마가 매번 그 아이들 게임비를 낸 건가? 그 아이들이 정말 기리시마 친구가 맞아?'

사토코는 건물 계단에 주저앉아 해피 노트를 펼쳤다. 기리시마가 쓴 한자와 사토코가 한 채점. 그림을 그리기도 했고 일기 비슷한 것을 쓴 날도 있었다.

사토코가 아직도 수험생이었다면 이 노트는 힘이 됐을지도 모른다. 올 여름에 둘이서 열심히 노력한 증거니까. 틀림없이 이따금 넘겨 보며 힘을 얻었을 것이다.

사토코는 공책을 한 장 한 장 넘길수록 우울해졌다. 후회스러웠다. 겁내지 말고 분명하게 물어볼 걸 그랬다. 제대로 이야기를 들을 걸 그랬다.

노트를 넘기던 사토코의 손이 딱 멈췄다. 마지막 페이지에 '사토코에게' 라는 글이 있었다. 기리시마가 사토코에게 쓴 편지였다.

내내 모르고 있었다. 사토코는 기리시마를 마지막으로 만난 뒤 해피 노트를 한 번도 펼쳐 보지 않았다. 가방에서 꺼내 본 적도 없었다. 헤어질 때 기리시마는 아무 말도 하지 않았다. 단지 열심히 하자는 말뿐이었다.

사토코에게

드디어 여름 방학 특강이 끝났네. 이제 앞으로 반년이면 시험이다. 진짜 시험. 하지만 나는 여름 방학 특강이 끝나면 학원을 그만두려고 해. 사립 중학교 시험도 보지 않을 거야.

아버지가 회사를 옮겨서 사립 중학교에 갈 수 없게 됐거든.

사실 여름 방학 전에 알았지만 부모님한테 부탁해서 여름 방학까지 학원에 다닐 수 있었던 거야.
말하지 못해서 미안해.
하지만 사토코 너와 날마다 함께 공부할 수 있어서 좋았어. 이제 함께 공부할 수 없겠다. 도미나가 선생님 손톱 색깔 같은 것도 알려 줄 수 없게 됐어.
학원을 그만두는 건 참 아쉬워. 하지만 그래도 사토친 무리 아이들과 만나지 않아도 된다고 생각하니까 마음은 편해. 사토친 무리만 없었다면 너와도 더 친하게 지낼 수 있었을 거야. 교실에서 옆자리에 앉을 수도 있었겠지.
사토코, 너는 틀림없이 1지망 중학교에 합격할 거야. 꼭 붙을 거라고 믿어. 나는 중 · 고등학교 모두 집 근처 공립 학교에 가겠지만 대학은 좋은 곳에 갈 수 있도록 열심히 공부할게.
네 해피 노트를 보면서 꼭 합격할 수 있도록 열심히 공부할 거야. 그리고 대학생이 되면 그때는 공부만이 아니라 더 많은 걸 함께하고 싶다.
그럼 열심히 해.

기리시마가

"이게 아니잖아……."

사토코는 조그맣게 중얼거렸다.

편지 속에 있는 기리시마는 사토코가 생각했던 기리시마가 아니었다. 또 편지 속에 있는 사토코도 진짜 사토코와 사뭇 달랐다. 사토코는 도미나가 선생님 손톱 색깔 따위 눈곱만큼도 관심 없었다.

편지 끝에는 기리시마의 주소와 전화번호가 적혀 있었다. 그토록 묻고 싶어도 묻지 못했던 기리시마의 주소와 전화번호였다.

사토코는 해피 노트를 덮어 소중하게 가방에 넣었다. 그리고 일어나 학원에서 나왔다. 가슴이 아팠다. 눈물이 나오는 걸 꾹꾹 참으며 발걸음을 옮겼다. 그런데도 눈물이 볼을 타고 흘러내렸다. 사토코는 손으로 가슴을 누른 채 이를 악물었다. 울어도 소용없는 일이었다.

'기리시마에게 솔직하게 말할 거야. 그리고 기리시마의 솔직한 이야기를 들을 거야. 이대로 대학생이 될 때까지 기다릴 순 없어.'

사토코는 집에 돌아오자마자 책상 서랍에서 편지지를 꺼냈다. 그리고 물빛 펜을 집어 들었다.

9월 마지막 일요일, 날씨가 맑았다.

사토코는 옷장을 열고 가장 좋아하는 긴소매 셔츠를 꺼냈다. 오랜만에 입어 보니 소매가 좀 짧았다.

사토코는 해피 노트를 가방에 넣고 도미나가 선생님이 계시는 극단으로 갔다. 극단은 일주일에 두 번 시민 회관이나 스튜디오를 빌려서 연습을 했다.

연습 때는 움직이기 쉬운 복장으로 갈아입은 뒤 체조부터 시작했다. 그리고 음악에 맞춰 춤을 추거나 발성 연습을 했다. 그 이후에 둘이서 한 팀이 되어 주어진 역할에 맞게 연기 연습을 하는데, 사토코는 늘 리사와 한 팀을 이루었다.

어느 날은 사토코가 친절한 여자 경찰관, 리사가 소매치기 소녀. 또 어느 때는 사토코가 엄격한 학교 선생님, 리사가 학생이 되었다.

리사는 사토코와 함께 연습을 하는 것이 못마땅한지 심통을 부리곤 했다. 여자 경찰관인 사토코를 오히려 도둑 취급하거나 선생님 역할인 사토코에게 교장 선생님과 비리를 저지른 걸 알고 있다면서 대들기도 했다. 이 훈련에 익숙하지 않은 사토코는 다음 대사를 잇지 못하고 입을 다물어 버리곤 했다.

"다마미 짱! 연습 상대 다른 사람으로 바꿔 줘."

그때마다 리사는 도미나가 선생님에게 불평했지만 선생님은 바꿔 주지 않았다.

사토코는 리사가 심통을 부려도 아랑곳하지 않고 계속 연습에 참여했다. 사토코는 모든 연습들이 처음해 보는 거라 재미있었다.

그날 연습이 끝나자 평소에는 사토코를 아는 척도 하지 않던 리사가 사토코에게 다가왔다.

"야, 이따 집에 갈 때 내가 너랑 같이 쇠고기 덮밥집에 가 줄 수 있어."

리사는 허리에 손을 짚고 으스대듯이 고개를 들고 사토코에게 이야기했다.

사토코는 갈아입을 옷이 들어 있는 가방을 어깨에 메고 대답했다.

"쇠고기 덮밥 집 말고 햄버거 가게라면 좋아."

리사가 눈을 희번덕거리며 째려보았지만 사토코는 모른 척하고 재빨리 밖으로 나왔다. 사토코가 역 쪽으로 걸어가는데 언제 따라왔는지 리사가 옆에서 나란히 걷고 있었다. 그리고 사토코가 역 앞 햄버거 가게에 들어가자 리사가 따라 들어왔다. 사토코는 양념 버거 세트를, 리사는 더블 치즈 버거 세트를 주문하고 같은 탁자에 앉았다.

둘은 묵묵히 햄버거만 먹었다.

"그럼 이제 백화점 지하에 갈 거야. 전문직 종사자 사토코 엄마가 있는 바로 거기 말이야."

리사는 햄버거를 다 먹고 심술궂게 말했다.

"난 안 가. 약속 있거든."

사토코가 이렇게 대답하자, 리사는 곧 부루퉁한 표정을 지었다.

하지만 사토코는 가방을 어깨에 메고 재빨리 빈 그릇이 담긴 쟁반을 치웠다.

"다음에 또 함께 먹어 줄 수도 있어."

사토코는 리사가 말했던 것을 흉내내듯 말하고는 리사에게 손을 흔들었다. 가게에서 나오자 유리창 너머로 사토코를 부루퉁하게 쳐다보는 리사가 보였다. 몹시 우스꽝스런 리사의 얼굴을 보고 사토코 옆을 지나가던 사람이 소리 내어 웃었다.

"바보 같아."

사토코는 작게 중얼거렸다. 리사에게 한 번 더 손을 흔들어 주고는 재빨리 그곳에서 도망치기 시작했다. 그리고 사토코는 늘 가던 도넛 가게로 향했다. 기리시마가 올지 안 올지 그건 알 수 없었다.

사토코는 해피 노트에 적힌 주소로 날짜와 시간, 그리고 도넛을 먹고 있는 두 사람 그림을 그려서 보냈다. 내용은 단지 그것뿐이었다. 그런데 그 날이 바로 오늘이었고 시간은 조금 뒤였다.

사토코는 가게 안으로 들어가 오리지널 도넛과 아이스티를 주문했다. 그리고 편지에 그린 그림과 같은 탁자에 앉아 눈을 감았다.

가게 안에 흐르는 음악과 옆자리에 앉은 아주머니들의 수다, 점원의 밝은 목소리가 몸속에 울려 퍼졌다.

하지만 사토코가 기다리는 소리는 그것들과는 다른 소리였다. 바닥에 신발 바닥을 문지르듯이 사토코에게로 다가오는 소리. 바로 기리시마의 신발 소리였다.

드디어 신발 소리가 들렸다. 그리고 사토코 가까이에서 그 소리는 멈췄다.

사토코는 살며시 눈을 떠 보았다. 거기에는 기리시마가 서 있었다. 옆에 앉으려던 아저씨도 빈자리를 찾고 있는 언니도 아닌, 사토코가 기다리던 바로 기리시마였다.

놀란 표정의 사토코에 아랑곳하지 않고 기리시마는 어제도 그제도 계속 여기서 만난 것 같은 얼굴로 말했다.

"오늘은 오리지널 도넛? 그럼 나도 같은 걸로 주문해야지!"